westermann

W0221767

PASSWORT LUPE

Erarbeitet von
Olesia Belenko
Ursula Emanuel
Marie-Claire Kirchhoff
Kerstin Schöning

Illustriert von
Cesare Asaro
Matthias Berghahn
Zapf

4

Arbeitsheft

PASSWORT

LUPE

Arbeitsheft 4

Erarbeitet von
Olesia Belenko, Osnabrück
Ursula Emanuel, Nordstemmen
Marie-Claire Kirchhoff, Koblenz
Kerstin Schöning, Offenburg

Illustriert von
Cesare Asaro, Wien
Matthias Berghahn, Bielefeld
Zapf, Wien

Textquelle: S. 41 Paul Maar – *Sägen sägen* – Aus: Hans-Joachim Gelberg (Hrsg.): Überall und neben dir. © 1986, 1989 Beltz Verlag, Weinheim und Basel

Bildquellen: |Asaro, Cesare, Wien: 6.2, 6.3, 6.5, 6.6, 9.1, 9.2, 10.1, 10.2, 11.1, 12.1, 12.2, 12.3, 12.4, 13.1, 13.2, 13.4, 13.5, 14.1, 14.2, 15.1, 15.2, 15.4, 15.5, 16.1, 16.2, 16.3, 16.4, 17.1, 17.2, 18.1, 18.2, 18.3, 19.1, 19.2, 19.3, 19.4, 19.5, 19.6, 19.7, 19.8, 20.1, 21.1, 21.2, 22.2, 24.1, 25.2, 25.3, 26.1, 28.1, 28.2, 28.5, 29.1, 29.2, 29.3, 30.1, 30.2, 30.3, 30.4, 30.5, 30.6, 30.7, 31.1, 32.1, 32.2, 32.3, 32.4, 32.5, 33.1, 38.1, 40.1, 41.4, 41.9, 41.13, 41.14, 42.1, 42.2, 45.1, 46.1, 47.1, 48.1, 49.1, 50.1, 50.2, 50.3, 50.4, 53.1, 53.2, 53.3, 53.4, 53.5, 53.6, 53.7, 53.8, 53.9, 54.1, 54.2, 54.3, 54.4, 55.1, 57.1, 57.2, 58.1, 58.2, 58.3, 59.1, 59.3, 59.4, 59.5, 60.1, 60.2, 60.3, 61.2, 62.5, 63.1, 65.1, 65.2, 68.1, 69.1, 70.1, 70.2, 70.3, 71.1, 73.1, 73.2, 73.3, 73.4, 73.5, 73.6, 73.7, 73.8, 75.2, 75.3, 75.4, 75.5, 75.6, 75.7, 77.1, 77.2, 79.1, 80.1, 80.2, 80.3, 82.1, 84.1, 84.2, 85.1, 85.2, 85.3, 85.4, 85.5, 85.6, 87.1, 87.2, 88.1, 90.1, 90.2, 90.3, 90.4, 91.1, 92.1, 92.2, 92.3, 92.4, 93.1, 93.2, 94.1. |Berghahn, Matthias, Bielefeld: 13.3, 14.3, 15.3, 15.6, 15.7, 15.8, 22.1, 28.3, 28.4, 39.1, 41.1, 41.2, 41.3, 41.5, 41.6, 41.7, 41.8, 41.10, 41.11, 41.12, 43.1, 59.2, 60.4, 60.5, 62.1, 62.2, 62.3, 62.4, 68.2, 79.2, 79.3, 81.1, 96.1. |Holzapfel, Falk, Wien: Titel, Titel, 2.1, 2.2, 2.3, 6.1, 6.4, 61.1, 94.2, 94.3, 94.4. |Schöning, Kerstin: 36.1. |Stapper, Michael, Berlin: 75.1. |stock.adobe.com, Dublin: lorabarra 25.1.

© 2022 Westermann Bildungsmedien Verlag GmbH, Georg-Westermann-Allee 66, 38104 Braunschweig
www.westermann.de

Das Werk und seine Teile sind urheberrechtlich geschützt. Jede Nutzung in anderen als den gesetzlich zugelassenen bzw. vertraglich zugestandenen Fällen bedarf der vorherigen schriftlichen Einwilligung des Verlages. Nähere Informationen zur vertraglich gestatteten Anzahl von Kopien finden Sie auf www.schulbuchkopie.de.

Für Verweise (Links) auf Internet-Adressen gilt folgender Haftungshinweis: Trotz sorgfältiger inhaltlicher Kontrolle wird die Haftung für die Inhalte der externen Seiten ausgeschlossen. Für den Inhalt dieser externen Seiten sind ausschließlich deren Betreiber verantwortlich. Sollten Sie daher auf kostenpflichtige, illegale oder anstößige Inhalte treffen, so bedauern wir dies ausdrücklich und bitten Sie, uns umgehend per E-Mail davon in Kenntnis zu setzen, damit beim Nachdruck der Verweis gelöscht wird.

Druck A[3] / Jahr 2024
Alle Drucke der Serie A sind im Unterricht parallel verwendbar.

Redaktion: Ann-Christin Bayer
Gesamtlayout: blum design und kommunikation GmbH, Hamburg
Umschlaggestaltung: blum design und kommunikation GmbH, Hamburg; mit Illustrationen von Zapf
Layout: PER Medien, Braunschweig
Druck und Bindung: Westermann Druck GmbH, Georg-Westermann-Allee 66, 38104 Braunschweig

ISBN 978-3-14-**141401**-1

INHALT

Kapitel 1: leben – lernen – respektieren 7 – 22

Einstiegsseite 7
Wörter üben 8
Einen Sachtext planen und Notizen nutzen 9
Nomen kennen 10
Pronomen kennenlernen 11
Nomen kennen: Geschlecht 12
Nomen kennen: Fälle bestimmen .... 13 – 15
Nomen erkennen und großschreiben .... 16 – 18
Wörter nachschlagen 19
Sachtexte überarbeiten 20
Unter der Lupe .... 21 – 22

Hier abstempeln

Kapitel 2: essen – bewegen – genießen 23 – 38

Einstiegsseite 23
Wörter üben 24
Eine Anleitung planen und schreiben 25
Adjektive kennen: Vergleichsformen 26
Adjektive zusammensetzen 27
Aufzählungen kennenlernen: Doppelpunkt, Komma 28
Aufzählungen kennenlernen: Sätze, Komma 29
Sätze verbinden: Konjunktionen 30
Sätze verbinden: Konjunktion dass 31
Merkwörter üben 32
Merkwörter mit ä/äu üben 33
Merkwörter mit h üben 34
Merkwörter mit Th/th und Ph/ph üben 35
Eine Anleitung überarbeiten 36
Unter der Lupe .... 37 – 38

Hier abstempeln

INHALT

Kapitel 3: beobachten – verstehen – schützen 39 – 52
Einstiegsseite ... 39
Wörter üben ... 40
Gedichte kennen und schreiben ... 41
Wortstamm und Wortfamilien kennen und bilden ... 42
Wortbausteine verwenden: -nis, -schaft, -tum ... 43
Nachgestellte Wortbausteine verwenden: -isch, -haft, -bar ... 44
Wortbausteine verwenden: -sam, -los, -voll ... 45
Wortstamm kennen und nutzen ... 46
Wortstamm beachten ... 47 – 49
Gedichte schreiben und überarbeiten ... 50
Unter der Lupe ... 51 – 52

Hier abstempeln

Kapitel 4: haben – wünschen – brauchen 53 – 68
Einstiegsseite ... 53
Wörter üben ... 54
Eine Lügengeschichte planen und schreiben ... 55
Verben erkennen ... 56
Verben im Präsens und Präteritum verwenden ... 57 – 58
Perfekt kennenlernen ... 59
Perfekt verwenden ... 60
Futur kennenlernen ... 61
Wörter mit doppelten Konsonanten schreiben ... 62 – 63
Vokallänge prüfen: Wörter mit ß schreiben ... 64 – 65
Eine Lügengeschichte überarbeiten ... 66
Unter der Lupe ... 67 – 68

Hier abstempeln

INHALT

Kapitel 5: lesen – hören – sehen **69 – 82**

Einstiegsseite ... 69
Wörter üben ... 70
Einen Bericht planen und schreiben ... 71
Das Prädikat kennen ... 72
Satzglieder erkennen ... 73
Satzglieder kennenlernen: Subjekt und Prädikat ... 74
Satzglieder kennenlernen: Objekte ... 75
Satzglieder kennenlernen: genauere Bestimmungen ... 76
Satzglieder kennen ... 77
Verben und Nomen verlängern ... 78
Wörter mit s-Laut am Ende schreiben ... 79
Einen Bericht überarbeiten ... 80
Unter der Lupe ... 81 – 82

Hier abstempeln

Kapitel 6: träumen – fragen – nachdenken **83 – 96**

Einstiegsseite ... 83
Wörter üben ... 84
Ein Interview planen ... 85
Ein Interview planen und vorbereiten ... 86
Offene und geschlossene Fragen kennen ... 87
Ein Interview durchführen ... 88
Ein Interview überarbeiten ... 89
Wörtliche Rede kennen und verwenden ... 90
Wörtliche Rede mit nachgestelltem Begleitsatz kennen ... 91
Wörtliche Rede verwenden ... 92
Worttrennung am Zeilenende anwenden ... 93
Portfolio: Meine Zeit mit PASSWORT LUPE/Über mich ... 94
Unter der Lupe ... 95 – 96

Hier abstempeln

Das sind wir …

Ich heiße Elsa.
Mein kleiner Hund Uno
folgt mir auf Schritt
und Tritt – außer wenn
ich in die Schule gehe.
Dann bleibt er natürlich
zu Hause.

Hallo, ich heiße Lulu.
Meine Hobbys sind
Malen und Judo.
Außerdem macht es mir Spaß,
spannende Rätsel zu lösen
und Neues zu entdecken.

Hi, ich bin Paul.
Ich finde gern heraus,
wie Dinge funktionieren.
Das hilft uns auch manchmal
bei unseren Fällen.
Meine allerbeste Freundin
ist meine Hündin Murmel.

Hallo, ich bin Umut!
Ich erzähle voll gern
Geschichten – besonders
über unsere Detektivabenteuer.
Unsere Fälle sind nämlich
oft richtig cool!

Kapitel 1

leben – lernen – respektieren

1 Was interessiert dich?
Worüber möchtest du dich genauer informieren?

2 Wo kannst du Informationen zu deinem Thema finden? Schreibe auf.

3 Wie kannst du andere über dein Thema informieren?

Wörter üben

ähnlich	das Band	krumm	das Gefühl
das Beispiel	die Antwort	interessant	das Internet
häufig	die Medien	die Quelle	richtig
schwierig	das Thema	ungefähr	wichtig
informieren	das Lexikon	sammeln	wissen

1 Schreibe alle Nomen und Verben geordnet auf.

Nomen ____________________

____

Verben ____________________

____

2 Schreibe die übrigen Wörter nach dem Abc geordnet auf.

____

____

3 Vervollständige die Rätselsätze.

Die Aufgabe ist nicht einfach, sondern ____________.
Die Lösung ist nicht falsch, sondern ____________.
Es passiert nicht selten, sondern ____________.
Das Buch ist nicht langweilig, sondern ____________.
Elsa und ihre Schwester sehen nicht sehr unterschiedlich aus, sondern sie sehen sich ____________.

4 Schreibe einen Quatsch-Satz mit möglichst vielen Wörtern aus der Wörterschatzkiste.

____

____

Einen Sachtext planen und Notizen nutzen

1 Lies die Fragen und die Informationen, die Umut beim Recherchieren gefunden hat.

1. Was ist ein Computer?
2. Wer hat den Computer erfunden?
3. Wann wurde der Computer erfunden?
4. Was bedeutet die Abkürzung PC?

Der Computer ist eine gute Erfindung. Der Erfinder des Computers hieß Konrad Zuse. 1938 erfand er die erste Rechenmaschine. Aber erst 40 Jahre später gab es Computer, die man sich auf den Tisch stellen konnte.

Ein Computer ist eine Maschine. Sie berechnet etwas aus Daten oder bearbeitet Daten. Jeder Computer besteht aus mehreren Teilen. Diese nennt man Hardware und Software. Mit dem Computer kann man zum Beispiel schreiben, lernen, spielen oder Musik hören. Der Computer wird abgekürzt oft auch als PC bezeichnet. PC bedeutet *Personal Computer*.

2 Welche wichtigen Informationen braucht Umut, um seine Fragen zu beantworten? Unterstreiche sie.

3 Schreibe Umuts Notizen.

Zu 1: ______

4 Schreibe aus den Notizen einen kurzen Sachtext über den Computer.

Nomen kennen

1 Kreise die Nomen ein.

ZEITUNG VIELLEICHT MOTORRAD EHRLICH QUELLE SCHWESTER
VIELE PALME KLUG SONNENSCHIRM SCHMETTERLING KLEIN

2 Trage die Nomen in die Tabelle ein und vervollständige.

Artikel	Einzahl/Mehrzahl	Schiebewort
die Zeitung	eine Zeitung, viele Zeitungen	die interessante Zeitung

3 Welche Merkmale von Nomen treffen auf die Wörter zu? Trage ein.

Himmel Milch Regen Abenteuer

Artikel	Einzahl/Mehrzahl	Schiebewort

Pronomen kennenlernen

1 Überlege, was gemeint ist. Löse die Rätsel und schreibe auf.

Sie regelt den Verkehr mit Leuchtsignalen. Sie leuchtet entweder rot, orange oder grün. Es gibt sie für Fußgänger, für Autos und Radfahrer.

____

Er zeigt die Himmelsrichtungen an. Er hat einen beweglichen Zeiger. Er hilft Menschen, den richtigen Weg zu finden, wenn sie sich verirrt haben.

____

Sie löst den Schmutz auf unserem Körper. Dabei ist sie gut verträglich. Schon vor vielen tausend Jahren nutzte man sie im Orient, um sich zu waschen.

____

2 Setze die passenden Pronomen ein.

Am Wochenende besuche ich meine Großeltern. ______ haben ein schönes Haus. ________ hat ein blaues Dach und viele Fenster. ______ haben grüne Klappläden. Mein Bruder und ich sind gern dort. ________ spielen am liebsten im Garten. ________ ist riesig. Oma backt dann einen leckeren Kuchen. ________ ist die beste Kuchenbäckerin.

3 Ersetze die Pronomen sinnvoll.
Schreibe den Text so auf, dass man besser versteht, wer gemeint ist.

Die Brüder Jan und Tobi haben viele **Hühner**. Sie leben im Garten. Einen eigenen Stall haben sie auch. Jeden Morgen müssen sie sie füttern. Abends müssen sie zurück in den Stall. Sie müssen auch regelmäßig den Stall sauber machen.

____

____

____

____

____

Nomen kennen: Geschlecht

1 Schreibe die männlichen, weiblichen und sächlichen Nomen geordnet auf.

der Räuber der Beweis das Geld das Versteck die Lupe das Seil die Beute das Buch die Polizistin die Spur der Täter der Detektiv

männlich	weiblich	sächlich
der ______	die ______	das ______
______	______	______
______	______	______
______	______	______

2 Lies die Sätze. Setze ein passendes Nomen aus dem Kasten ein.

______ eilte schnell davon. Er trug eine dunkle Jacke.

______ musste versteckt sein. Es war nicht aufzufinden.

______ eilte schnell herbei. Sie nahm die Verfolgung auf.

______ war unauffindbar. Sie war wohl gut versteckt.

______ muss nah sein. Es ist aber schwer zu finden.

______ unterstützt die Polizistin. Er kennt sich gut aus.

3 Setze die Pronomen richtig ein.

Liebe Lulu,
möchtest du heute mit mir ein Eis essen gehen? Du weißt, ______ ist meine Lieblingsspeise. Elsa kommt auch mit. ______ freut sich schon darauf. Neben der Eisdiele gibt es einen neuen Laden. ______ hat tolle Klamotten. Dann könnten wir auch die grünen Turnschuhe kaufen. ______ gefallen mir doch so gut! Elsa möchte auch noch ein neues Halsband für Uno besorgen. ______ soll aus Leder sein.

Männliche Nomen kennen: Fälle bestimmen

- Nominativ-Fall: **Der Detektiv** wartet auf mich.
- Akkusativ-Fall: Ich sehe **den Detektiv**.
- Dativ-Fall: Ich begegne **dem Detektiv**.
- Genitiv-Fall: Die Freude **des Detektivs** ist riesig.

1 Verwende die Sätze mit anderen Nomen. Suche dir zwei Nomen aus und schreibe die Sätze auf. Kreise die Artikel ein.

der Dieb   der Baum   der Hamster   der Tisch

Nominativ-Fall: ____________________

____

____

____

2 In welchem Fall steht das Nomen? Mache die Fallprobe und schreibe auf.

Der Räuber schleicht unauffällig über den Markt. Nominativ-Fall

Der Räuber wartet auf mich.

Die Kappe **des Räubers** ist gelb. ____________________

____

Dem Räuber fällt die goldene Uhr des Mannes auf. ____________________

____

Die Detektive beobachten **den Räuber**. ____________________

____

Die Polizei ist schon lange hinter **dem Gauner** her. ____________________

____

Achte auf die Artikel.

Weibliche Nomen kennen: Fälle bestimmen

- Nominativ-Fall: **Die Zeugin** wartet auf mich.
- Akkusativ-Fall: Ich sehe **die Zeugin**.
- Dativ-Fall: Ich begegne **der Zeugin**.
- Genitiv-Fall: Die Freude **der Zeugin** ist riesig.

1 Verwende die Sätze mit anderen Nomen. Suche dir zwei Nomen aus und schreibe die Sätze auf. Kreise die Artikel ein.

die Tafel | die Flasche | die Köchin | die Oma

Nominativ-Fall: ______

2 Nominativ oder Genitiv? In welchem Fall steht das Nomen? Mache die Fallprobe und schreibe auf.

Die Detektivin verfolgte unauffällig die Verdächtige. ______

Die Taschenlampe **der Detektivin** funktionierte nicht. ______

Die Verdächtige entwischte bisher jedes Mal. ______

Die Spur **der Verdächtigen** führt oft ins Leere. ______

› Merkmale von Nomen kennen: Fall
› sprachliche Operationen kennen und nutzen: Einsetzen
› grundlegende sprachliche Begriffe kennen: Fall

› Sprachbuch, Seite 15

(Sächliche) Nomen kennen: Fälle bestimmen

- Nominativ-Fall: **Das Huhn** wartet auf mich.
- Akkusativ-Fall: Ich sehe **das Huhn**.
- Dativ-Fall: Ich begegne **dem Huhn**.
- Genitiv-Fall: Die Freude **des Huhns** ist riesig.

1 Verwende die Sätze mit anderen Nomen. Suche dir ein Nomen aus und schreibe die Sätze auf. Kreise die Artikel ein.

das Mädchen das Kamel das Mäppchen das Fenster

- Nominativ-Fall: **Die Hühner** warten auf mich.
- Akkusativ-Fall: Ich sehe **die Hühner**.
- Dativ-Fall: Ich begegne **den Hühnern**.
- Genitiv-Fall: Die Freude **der Hühner** ist riesig.

2 Verwende die Sätze mit anderen Nomen. Suche dir ein Nomen aus und schreibe die Sätze auf. Kreise die Artikel ein.

die Menschen die Türen die Katzen die Steine

3 Überprüfe, ob das Nomen im richtigen Fall steht. Streiche durch und schreibe es richtig auf.

Das Kind findet seinen Schlüssel nicht.

Die Detektive können **das Kind** bestimmt helfen.

Hat man **das Kind** seinen Schlüssel gestohlen?

Doch der Schlüssel **das Kind** ist in der Hosentasche!

› Sprachbuch, Seite 16, 17

Nomen erkennen und großschreiben

1 Mache die Busprobe und kreise die Satzglieder ein.

Der dieb flieht durch die gassen in sein versteck.

2 Schreibe den Satz mithilfe der Schiebewortprobe richtig auf.

3 Verbessere die Sätze mithilfe der Schiebewortprobe und schreibe sie auf.

Der dieb konnte eine armbanduhr und eine handtasche erbeuten.
Zu spät merkten seine opfer, dass sie bestohlen wurden. Schnell
riefen sie die polizei. Ein mann beschrieb den täter genau.
Die polizistin schrieb die beschreibungen des mannes in ihr notizbuch.
Wahrscheinlich war der täter jedoch schon längst auf der flucht.

4 Führe die Schiebewortprobe durch. Schreibe den Satz richtig auf.

die detektive	schreiben	zu jedem Fall	einen bericht	auf

› Merkmale von Nomen kennen und anwenden
› grammatisches Wissen für die Rechtschreibung nutzen
› Rechtschreibstrategien verwenden: Schiebewortprobe

› Sprachbuch, Seite 18

Nomen erkennen und großschreiben

1 Entscheide, ob die Wörter großgeschrieben werden.
Schreibe die Wörter richtig auf.

Wir ________________ gern knifflige Fälle.
Lösen/lösen

Für das ______________ der Fälle brauchen wir unsere Detektivausrüstung.
Lösen/lösen

Die Hunde ______________________ viele Spuren.
Verfolgen/verfolgen

Das ______________________ der Spuren übernehmen Murmel und Uno.
Verfolgen/verfolgen

Das ______________________ von Hinweisen macht uns großen Spaß.
Sammeln/sammeln

Zusammen ______________________ wir viele Hinweise.
Sammeln/sammeln

Das ______________________ von Berichten gehört auch zur Detektivarbeit.
Schreiben/schreiben

Wir ______________________ zu jedem Fall einen eigenen Bericht.
Schreiben/schreiben

Davor ______________________ wir gemeinsam nochmal unsere Arbeit.
Besprechen/besprechen

Manchmal bringt uns das ______________________ auf neue Ideen.
Besprechen/besprechen

2 Schreibe mit den Verben **suchen** und **spielen** eigene Sätze auf.

____

____

____

____

____

› Merkmale von Nomen kennen und anwenden
› grammatisches Wissen für die Rechtschreibung nutzen
› Rechtschreibstrategien verwenden: Schiebewortprobe

› Sprachbuch, Seite 19

Nomen erkennen und großschreiben

1 Entscheide, ob die Wörter großgeschrieben werden.
Schreibe die Wörter richtig auf.

Das ____________ an der Detektivarbeit ist die Lösung eines Falls.
Schöne/schöne

Umut malt zu jedem Fall immer ein ____________ Bild.
Schönes/schönes

Paul findet Krimibücher sehr ____________.
Interessant/interessant

Das ____________ sind die verschiedenen Verbrechen.
Interessante/interessante

Elsa sind Krimibücher zu ____________.
Unheimlich/unheimlich

Die gruseligen Verbrecher sind das ____________ daran.
Unheimliche/unheimliche

Lulu findet sie hingegen sehr ____________.
Aufregend/aufregend

Das ____________ daran ist, wenn der Täter flieht.
Aufregende/aufregende

Das ____________ sind oft die kniffligen Fälle.
Spannende/spannende

Elsa schaut lieber ____________ Tierfilme.
Spannende/spannende

2 Schreibe mit den Adjektiven **wichtig** und **weich** eigene Sätze auf.

____

____

____

____

____

› Merkmale von Nomen kennen und anwenden
› grammatisches Wissen für die Rechtschreibung nutzen
› Rechtschreibstrategien verwenden: Schiebewortprobe

› Sprachbuch, Seite 19

Wörter nachschlagen

1 Trage die Wörter an der richtigen Stelle der Wörterliste ein.

Strand
studieren
steil
stehen

der **Stall,** die Ställe
die **Stange,** die Stangen
der **Staub**
staubig, staubiger, am staubigsten
___________,
er steht, er stand
___________________,
steiler, am steilsten
der **Stift,** die Stifte
die **Störung,** die Störungen
der ___________________
streiten, sie streitet, sie stritt
____

Schale
schattig
schäumen
Schal

schädlich, schädlicher, am schädlichsten
das **Schaf,** die Schafe
schaffen, sie schafft, sie schaffte
die ___________________
der ___________________
der **Schatten,** die Schatten
___________________,
schattiger, am schattigsten
der **Schaum,** die Schäume
___________________,
es schäumt, es schäumte
schaurig, schauriger, am schaurigsten

2 Verbessere die zusammengesetzten Nomen. Schreibe sie richtig auf.

____
____
____
____

das **Tablet,** die Tablets
die **Tafel,** die Tafeln
die **Taube,** die Tauben
der **Teddy,** die Teddys
der **Teller,** die Teller
teuer, teurer, am teuersten
das **Theater,** die Theater
der **Tiger,** die Tiger

3 Ergänze den Lückentext passend.

Wenn ich ein Verb in der ___________________ oder in einer anderen ___________________ nachschlagen möchte, muss ich deshalb immer die ___________________ bilden.

4 Bei welchem Wort musst du diese Verben in der Wörterliste nachschlagen?

magst: ___________ rief: ___________ blies: ___________

hing: ___________ schlief: ___________ ist: ___________

Sachtexte überarbeiten

1 Lies Lulus Sachtext über die CD.

Wofür benutzt man eine CD?	– zum Abspeichern vieler Daten, wie Musik oder Fotos
Was heißt CD?	– Compact Disc
Wie sieht eine CD aus?	– glänzende, runde Scheibe mit einem Loch in der Mitte
Aus was besteht die CD?	– aus Plastik
Seit wann gibt es die CD?	– seit 1980

Die Abkürzung CD steht für Compact Disc.
Sie ist ganz dünn.
Die CD gibt es seit 1980.
Mama hat ganz viele CDs.

2 Was muss Lulu an ihrem Sachtext verändern?
Verbessere den Sachtext mithilfe von Lulus Notizen.

UNTER DER LUPE

1 Kreise die Fehler ein und schreibe die Wörter richtig auf.

Der Kühlschrank

Die entwicklung des Kühlschranks war für die menschen eine wichtige Erfindung. ||

___

Früher konnten die Menschen ihre lebensmittel nur kurz im Keller oder Eisschränken Kühlen. | |

___

Heute gibt es zum glück den Kühlschrank, um die haltbarkeit der Lebensmittel zu Verlängern. || |

___

Der Kühlschrank Arbeitet mit einer pumpe und einem Motor. ||

___

Viele kühlschränke haben auch ein Gefrierfach. |

___

2 Schreibe den Satz richtig auf.

im gefrierfach | lagern | die menschen | im sommer | gern | eis

___

___

___

› Sprachbuch, Seite 24, 25

1 Bilde eine Wortfamilie mit Wörtern zum Wortstamm KÜHL .

2 Ersetze die Nomen sinnvoll durch Pronomen. Schreibe auf.

Vor allem Milch, Käse und Fleisch lagert man im Kühlschrank. Denn Milch, Käse und Fleisch können leicht verderben. Es ist wichtig, Milch, Käse und Fleisch nach dem Einkaufen schnell in den Kühlschrank zu räumen. Der Kühlschrank sorgt dafür, dass solche Lebensmittel länger haltbar sind. Der Kühlschrank muss richtig eingestellt sein.

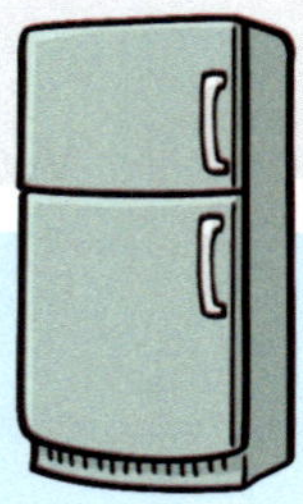

3 Überprüfe. In welchem Fall steht das Nomen jeweils? Schreibe auf.

Den Kühlschrank findet man in jedem Haus. ______________

Der Kühlschrank macht die Lebensmittel lange haltbar. ______________

Deswegen bewahren die Menschen ihre Lebensmittel in **dem Kühlschrank** auf. ______________

Die Temperatur **des Kühlschranks** liegt etwa bei zwei bis acht Grad. ______________

Kapitel 2

essen – bewegen – genießen

1 Was hast du schon einmal selbst gebastelt oder gebaut? Schreibe auf.

2 Was hast du dafür gebraucht? Schreibe auf.

3 Woher wusstest du, wie du vorgehen musst?

4 Beim Basteln und Bauen muss ich wissen, wie ich vorgehe. Wobei ist es noch wichtig, das zu wissen?

Wörter üben

einfüllen	der Chor	der Pfad	barfuß
das Material	das Theater	ziehen	der Kaffee
balancieren	verrühren	das Fest	schütten
die Kastanie	der Druck	der Ballon	die Länge
die Konserve	der Erfolg	fühlen	jonglieren

1 Setze passende Wörter ein.
Bilde bei den Verben die richtige Personalform.

Elsa und Umut stellen Jonglierbälle für das ____________ her.
Sie brauchen verschiedenes ____________. Umut ____________
die Öffnung vom ____________ auseinander. Dann ____________
Elsa den Sand ________. Die Größe des Balls ist nicht so wichtig.
Wenn man ____________, dass er fest ist, dann kann man gut
damit ____________.
Lulu füllt Steine und ____________ in Holzkisten.
Dann ____________ die Kinder die Schuhe aus und gehen
____________ über den ____________. Der ____________
und das ____________ haben viel ________ auf dem Fest.

2 Kreise die Lupenstellen ein.

der Kaffee | der Druck | schütten | die Länge | balancieren

3 Überlege dir zu zwei Wörtern einen Gedächtnistrick.
Schreibe die Gedächtnistricks auf.

Einen Anleitung planen und schreiben

1 Sieh dir das Bild zum Basteln von Dosenstelzen genau an.
Schreibe auf, welche Materialien und Werkzeuge du brauchst.

2 Überlege, wie du weiter vorgehen musst.
Ordne die Bilder und nummeriere sie.

3 Schreibe eine Anleitung zum Basteln von Dosenstelzen.

Adjektive kennen: Vergleichsformen

1 Schau dir das Bild an.
Welche Vergleichsmöglichkeiten findest du? Schreibe auf.

Umuts Stelzen sind höher als

2 Trage die fehlenden Formen der Adjektive ein.

Grundform	1. Vergleichsform	2. Vergleichsform
	höher	
gut		
	mehr	
		am liebsten
lang		
	dicker	
		am größten
schnell		

› Merkmale von Adjektiven kennen
› grundlegende sprachliche Begriffe kennen: Adjektiv
› Sprachbuch, Seite 30

Adjektive zusammensetzen

1 Welche Adjektive sind gemeint? Bilde zusammengesetzte Adjektive. Schreibe sie auf.

kalt wie
Mais | Eis | Reis
eiskalt

rund wie
ein Ferkel | eine Kugel | ein Onkel

groß wie
ein Riese | eine Vase | eine Nase

stark wie
ein Wurm | ein Bär | eine Fliege

schnell wie
ein Seil | ein Pfeil | ein Beil

klar wie
Papier | Kreide | Glas

weich wie
Pappe | Suppe | Watte

hart wie
Butter | Stein | Moos

2 Finde weitere zusammengesetzte Adjektive. Schreibe sie auf.

Staub	schön
Wunder	bleich
Hunde	elend
Kreide	schwer
Blei	fest
Punkt	genau
Ofen	frisch
Knüppel	hart
Felsen	trocken

3 Schreibe mit drei zusammengesetzten Adjektiven sinnvolle Sätze.

Aufzählungen kennenlernen: Doppelpunkt, Komma

1 Was kann man in der Obst- und Gemüseabteilung kaufen?
Schreibe zu jedem Oberbegriff eine Aufzählung auf.
Trenne die Wörter mit einem Komma.

Obst: ______________________________

____

Gemüse: ______________________________

____

2 Welche Zutaten brauchst du für einen Kuchen, welche für eine Suppe?
Schreibe geordnet auf. Trenne die Wörter mit einem Komma.

1PaketMehlgrüneErbsenfeinerZucker1BundSuppengemüse4Kartoffeln

1PäckchenBackpulvergrobesSalz6EierdunklerKakaofrischePetersilie250gButter

 ______________________________

____

 ______________________________

____

3 Stell dir vor, du gehst einkaufen und kannst dir alles aussuchen.
Was legst du in den Einkaufswagen? Schreibe eine Aufzählung auf.
Trenne die Wörter mit einem Komma.

Meine Einkäufe:

Aufzählungen kennenlernen: Sätze, Komma

1 Lies die Sätze. Schreibe sie verbessert auf.

Beim Einkaufen auf dem Markt trifft Lulu ihren Lehrer und ihre Nachbarin und ihre Freunde.

____

____

Am Blumenstand entscheidet Lulu sich für Rosen und Nelken und Lilien und Gräser.

____

____

Soll Lulu am Gemüsestand den knackigen Salat oder die rote Paprika oder die leckeren Tomaten nehmen?

____

____

____

2 Lies die E-Mail. Ergänze die Sätze. Trenne die Wörter oder Wortgruppen mit Kommas. Verbinde sie am Ende mit **und** oder **oder**.

Liebe Oma,

ich freue mich schon so auf deinen Besuch! Kommst du mit dem Auto ______ mit dem Bus ______ mit dem Zug? Du kennst ja schon meine Freunde Lulu ______ Umut ______ Paul. Wir wollen mit dir zusammen ins Schwimmbad ______ in den Zoo ______ ins Kino gehen. Kannst du uns wieder Spaghetti kochen ______ Pfannkuchen backen ______ Kakao zubereiten?

Viele Grüße

deine Elsa

Sätze verbinden: Konjunktionen

1 Lies die Sätze.
Verbinde immer zwei Sätze mit einer Konjunktion.
Schreibe sie auf.

Ein Indiaca basteln

Ich zeichne mit einer Schablone einen Kreis auf den Stoff.
Ich kann den Kreis dann genau ausschneiden.

Ich zeichne mit einer Schablone einen Kreis auf den Stoff,
weil

Ich lege den Jonglierball auf den Stoff. Ich habe den Kreis ausgeschnitten.

Ich fasse den Stoff zusammen. Es entsteht ein Säckchen.

Ich verschließe das Säckchen. Der Ball fällt nicht hinaus.

In das Säckchen stecke ich Federn hinein. Der Indiaca fliegt besser.

Ich klebe die Federn fest. Sie bleiben dann länger stecken.

› grundlegende sprachliche Begriffe kennen: Nebensatz, Komma, Konjunktion
› Zeichensetzung beachten

› Sprachbuch, Seite 34

Sätze verbinden: Konjunktion dass

1 Wie sprechen die Kinder?
Verbinde.

behaupten

meinen

befürchten

wissen

2 Schreibe Sätze, in denen du die Konjunktion **dass** verwendest.

Paul befürchtet, ______________________________

3 Was meinst du zu Pauls Einwand? Schreibe Sätze mit **dass** auf.

Ich ______________________________

Merkwörter üben

1 Sortiere die Merkwörter nach ihren Lupenstellen.
Schreibe sie geordnet auf.

Lexikon Mais Zeppelin Trainer Hobby See Fischlaich
Echse Moor Teddy ~~Kurve~~ Fuchs Hai Verein
Kabine E-Mail Apfelsine Lawine Beere City Boxer
Nixe Camping Sardine Kamin Paar Creme Haar Brotlaib
Achsel Vater Container Wachs Lachs ~~Video~~ Yoga

Wörter mit V und v: Video, Kurve, ____________________

____

____

____

____

____

____

____

____

____

2 Trage die fehlenden Buchstaben ein.

Kur___e Ni___e B___re Tr___ner E-M___l
E___e Kam___n Tedd___ ___oga A___el

3 Schreibe deine Lieblingsfehlerwörter auf.
Überlege dir passende Gedächtnistricks.

____

____

› rechtschreibwichtige Wörter normgerecht schreiben
› Rechtschreibstrategien verwenden: Merken, Einprägen

› Sprachbuch, Seite 36

Merkwörter mit ä/äu üben

1 Markiere die Wörter, die kein verwandtes Wort mit **a** oder **au** haben. Schreibe sie auf.

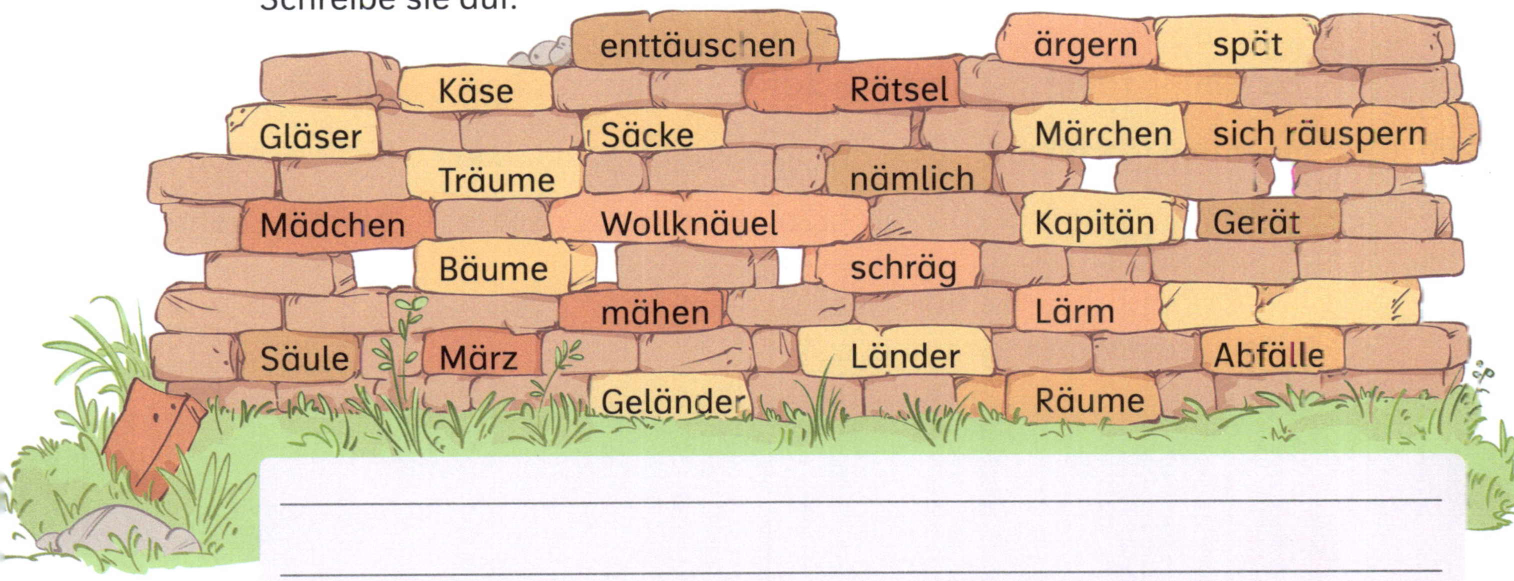

____

____

____

2 Schreibe Quatsch-Sätze mit möglichst vielen Wörtern mit **ä** und **äu**.

Das Känguru sitzt enttäuscht im Käfig und isst Käse.

____

____

____

____

3 Lies die Rätselsätze. Schreibe die Lösungen auf.

K u r u n g ä	r B ä	f r e ä K	ä i K g f	e n ä h M

Ich trage meine Kinder im Beutel: ______________________________

Ich bin ein Raubtier und halte Winterruhe: ______________________________

Ich bin ein Insekt und habe sechs Beine: ______________________________

Darin wohnen oft Tiere im Zoo: ______________________________

Dies tragen manche Säugetiere auf dem Kopf: ______________________________

Merkwörter mit h üben

1 Lies die Wörter.
Kreise die Wörter mit hl, hm, hr und hn in unterschiedlichen Farben ein.

zahlen	zahm	Fohlen	Zahn	wahr	ahnen	führen	Hahn
befehlen	dröhnen	Ehre	angenehm	hohl	Kahn	Kohle	nehmen
Lehrerin	Nahrung	prahlen	rühren	Sohle	Wahl	bohren	

2 Schreibe die Wörter geordnet auf.

hl

hm

hr

hn

3 Finde Reimwort-Paare. Schreibe sie auf.

4 Finde eigene Sätze mit mehreren **h**-Wörtern, um dir die Wörter zu merken.

Der Zahnarzt bohrt mit einem Bohrer
in meinem hohlen Zahn.

Gedächtnistricks
- Eselsbrücke
- Ordnen
- Fotografieren
- Lauschen

› rechtschreibwichtige Wörter normgerecht schreiben
› Rechtschreibstrategien verwenden: Merken, Einprägen

› Sprachbuch, Seite 38

Merkwörter mit Th/th und Ph/ph üben

1 Kreise **Ph/ph** und **Th/th** in unterschiedlichen Farben ein.
Schreibe die Wörter geordnet auf.

Methode	Thermometer	Physik	Bibliothek	Phantom	
Mathematik	Alphabet	Thron	Katastrophe	Thermohose	
Mediathek	Thermoskanne	Phase	Apotheke	Therapie	
Strophe	Thema	Pharao	Thermostat	Phantom	Theke

Ph/ph ______________________________

____

____

Th/th ______________________________

____

____

____

2 Was ist gemeint? Setze die passenden Wörter ein.

Eine ____________ trage ich im Winter, wenn es sehr kalt ist.
Im Sachunterricht haben wir heute mit einem neuen ____________ begonnen.

Mein Tee wird in einer ____________ warmgehalten.
____________ ist das Lieblingsfach meiner Schwester.

Mit dieser ____________ kann ich mir Merkwörter gut merken.
Man kann die Buchstaben nach dem ____________ ordnen.

3 Übe die Wörter mit dem Gedächtnistrick „Fotografieren“.

Eine Anleitung überarbeiten

1 Lies die Anleitung genau.

Bücherwürmer

Werkzeuge: 1 dicke Nadel und flüssiger Kleber und 1 wasserfester Stift

Fädle eine kleine Perle auf und knote sie am Ende des Fadens fest. Verziere den Kopf zuletzt mit Federn. Fädle irgendwie sechs weitere Perlen auf. Fädle dann die große Holzperle auf und befestige sie mit einem dicken Knoten. Pass auf! Das ist sehr schwierig. Knote am oberen Ende des Fadens eine kleine Perle fest. Vielleicht malst du auf die große Holzkugel mit dem Stift ein Gesicht für den Wurm.

Materialien: 8 Perlen in verschiedenen Farben 1 große Holzperle
40 cm Faden Federn

2 Was musst du verbessern? Markiere in der Anleitung.

3 Schreibe die Anleitung verbessert auf.

› Texte in Bezug auf die sprachliche Gestaltung und auf die sprachliche Richtigkeit hin überprüfen

› Sprachbuch, Seite 40, 41

UNTER DER LUPE

1 Kreise die Fehler ein und schreibe die Sätze richtig auf.

Elsa und Paul kochen gesunden Eiste damit Paul
nach dem Training immer durstig ist.

Sie brauchen frische Minze naturtrühben Apfelsaft
Zitronensaft Eiswürfel.

Sie gießen kochendes Wasser über die Minze
und lassen den Te zehn Minuten lang ziehen.

Dann gießen sie den Tee durch ein Siehb und lassen ihn abkülen.

Zum Schluss gehben die Kinder Apfelsaft Zitronensaft
und Eiswürfel dazu.

Die Kinder meinen das der Eiste genauso lecker schmeckt
als der Apfelsaft.

1 Verbinde immer zwei Sätze sinnvoll mit einer Konjunktion. Schreibe sie auf.

Elsa will Eistee kochen.	Paul ist durstig.
Elsa und Paul kochen Wasser.	Sie können die Minze übergießen.
Elsa und Paul geben Eiswürfel dazu.	Der Tee kann abkühlen.

weil
damit
sodass

2 Warum sind diese Wörter Merkwörter? Erkläre.

März Känguru Säule Kapitän

3 Kreise die Satzglieder ein. Verbessere die Sätze mithilfe der Schiebewortprobe und schreibe sie richtig auf.

Elsa entdeckt im wald den sinnespfad.

Ihr macht das ertasten von baumrinden viel spaß.

Die fruchthöhlen der kastanien pieksen sie etwas.

› Sprachbuch, Seite 42, 43

Kapitel 3

beobachten – verstehen – schützen

die Rose
die schöne Rose
die schöne, gelbe Rose
piekst
durch meine Hose

Kräht der Hahn auf dem Mist,
ändert sich's Wetter, oder es bleibt wie es ist.

Tauschtiere

Krokogator und Allidil
trafen sich am großen Nil.
Feldschnecke und Weinbergmaus
blieben lieber brav Zuhaus'.

Regenente und Wildwurm
trafen sich am großen Turm.
Dromehund und Wüstendar
trinken Saft in einer Bar.

1 Lies die Gedichte. Welches gefällt dir am besten? Begründe.

____

____

2 Vergleiche die Gedichte. Welche Unterschiede stellst du fest? Schreibe auf.

____

____

____

3 Welche Gedichte kennst du? Schreibe auf.

____

____

Wörter üben

1 Schreibe die Wörter richtig auf.

das ■gentum die Ho■nung die Bre■se der Sto■

2 Schreibe die Sätze richtig auf.

Im Rückwärtsgang

Der Bauer befestigt am mmatS ein Stück ffotS und thcierts es mit Lavendelduft ein.
Das soll die nedneläuq Mücken vertreiben.

3 Finde die Verben im Suchsel. Schreibe sie auf.

B	U	T	H	Ä	N	G	I	F	L	O	H	A	W
M	H	W	V	W	Ä	H	L	E	N	S	O	K	I
S	P	R	I	T	Z	E	N	I	P	C	F	W	E
G	Z	E	N	S	T	P	Ü	L	V	D	F	Ä	G
L	Ä	R	G	E	R	N	C	E	I	F	E	J	E
F	Q	P	N	B	U	H	Ä	N	G	E	N	R	N

wählen
ärgern
hängen
feilen
spritzen
hoffen
wiegen

4 Setze die Wörter richtig zusammen. Schreibe sie auf.

glaub	sam
natür	haft
ein	lich

selt	bar
kost	los
sprach	sam

› Grundwortschatz erweitern und selbstständig üben
› Alphabet als Ordnungssystem nutzen

› Sprachbuch, Seite 46

Gedichte kennen und schreiben

1 Schreibe auf, was man mit diesen Gegenständen macht.

Bei einigen Werkzeugen kannst du das Verb nicht vom Nomen ableiten.

ein Hobel – hobeln,

2 Schreibe ein Handwerks-Gedicht.

Wähle zuerst Gegenstände, zu denen es ein verwandtes Verb gibt. Suche für den Schluss einen Gegenstand aus, zu dem es kein verwandtes Verb gibt.

Sägen sägen

Mit Sägen kann man sägen,
mit Riegeln kann man riegeln,
mit Spritzen kann man spritzen,
mit Spiegeln kann man spiegeln,
mit Zügeln kann man zügeln,
in Wiegen kann man sich wiegen,
aber mit Flügeln kann man nicht flügeln,
mit Flügeln kann man nur fliegen.

Paul Maar

aber mit

Wortstamm und Wortfamilien kennen und bilden

1 Schreibe alle Wörter der Wortfamilie Hör/hör auf.
Kreise den Wortstamm ein.

Gehör	Ohrwurm	Ohr	lauschen	zuhören
Ohrenschützer	hören	flüstern	Hörtest	gehörlos

____

____

2 Ergänze Wörter der Wortfamilie Flieg/flieg und Lauf/lauf.

Flieg/flieg	Lauf/lauf
______________	______________
______________	______________
______________	______________
______________	______________
______________	______________

3 Kreise die Wörter ein, bei denen sich der Wortstamm ändert.

4 Ergänze Wörter der Wortfamilie Fress/fress.

Alle fressen

Giraffen ____________ Blätter. Und wenn ein Ast ______________ ist, dann suchen sie den nächsten.
Ein Affe ____________ lieber Früchte. Er zankt sich oft mit anderen Affen um sein ____________.
In der Freiheit sind vor allem Elefanten ______________.
Ein einzelner Elefant ____________ 200 Kilo Gräser, Blätter und Heu.
Was für eine ______________!

Wortbausteine verwenden: -nis, -schaft, -tum

1 Sage es kürzer und schreibe auf.

Das, was man mir erlaubt: die Erlaubnis

Eine Landschaft, die wild ist: ____

Das, was ich jemandem gestehe: ____

Wenn es ganz finster ist: ____

Das, was ich erlebe: ____

Dort sind manche gefangen: ____

2 Schreibe die Fachwörter auf.

Eine ländliche Umgebung:

L	A	N	D	S	C	H	A	F	T

Bezeichnet etwas, das heilig ist:

Eine Anwendung von Wissen:

Eine Gruppe, die etwas gemeinsam hat:

Der Besitz eines reichen Menschen:

Wenn etwas wächst:

3 Wähle drei Wörter aus und schreibe eigene Rätselsätze.

Verwandtschaft Freundschaft Irrtum Hindernis Ergebnis

Nachgestellte Wortbausteine verwenden: -isch, -haft, -bar

1 Verändere die Wörter mit den nachgestellten Wortbausteinen **-isch**, **-haft** und **-bar**. Schreibe geordnet in die Tabelle.

Typ	Chemie	England	Dank	Fehler
Nutzen	Plan	Ekel	Sage	Strafe
Sicht	Komik	Optik	Leben	Beispiel

-isch	-haft	-bar
typisch		

2 Ergänze die Wortpaare.

Neid neidisch	Furcht ______	Herz herzhaft	______ sichtbar
Panik ______	Logik ______	______ regnerisch	______ himmlisch
Hektik ______	Magie ______	______ gewissenhaft	______ essbar

3 Schreibe Sätze mit den Wörtern aus Aufgabe 1 und 2.

› Möglichkeiten der Wortbildung kennen
› Wörter strukturieren

› Sprachbuch, Seite 52

Wortbausteine verwenden: -sam, -los, -voll

1 Verändere die Wörter und schreibe sie geordnet auf.

folgen	Furcht	wirken	einprägen	Mühe
Appetit	Ausdruck	Ausnahme	Kampf	Einfall
Grund	Angst	Grauen	Wert	Freude

-sam ______________________

____

-los ______________________

____

____

-voll ______________________

2 Lies die Sätze. Wie kannst du es kürzer und treffender ausdrücken? Überlege und schreibe die Sätze auf.

Ein Traum?

Ich näherte mich dem riesigen Hamster und zeigte dabei überhaupt keine Furcht.

____

Ich vertraute darauf, dass mein Schutzschild seine Wirkung zeigen würde.

____

Leider war mein Schutzschild zu weich, ich konnte es biegen.

____

Der Hamster konnte sich mir ohne große Mühe nähern.

____

Er übergab mir eine Uhr, die sehr viel wert war.

____

Auf einmal hörte ich ein Klingeln: „Aufwachen! Du musst zur Schule!“

Wortstamm kennen und nutzen

1 Wie musst du die Wörter schreiben?
Ergänze die Wörter mit Wal/wal oder Wall/wall.

Schwert______	______anlage	______baby
Burg______	Buckel______	Schutz______
Erd______	______gesang	______fett
Schloss______	______flosse	Stadt______

2 Hier sind zwei Texte durcheinandergeraten.
Ergänze die Wörter richtig. Schreibe beide Texte geordnet auf.

Eine Höllenhöhle

Manche Hö___en sind sehr dunkel, eng und kalt.
Die Hö___e stellte man sich früher als sehr heiß vor. Man hatte eine Hö___enangst vor dem Feuer. Hö___enforscher untersuchen Aushö___ungen auch unter dem Meeresspiegel. Felshö___en weisen oft Tropfsteine auf. Heute benutzt man das Wort „Hö___e“ gern für Übertreibungen wie „Hö___enlärm“ oder „Hö___enqualen“.

____________________ ____________________
____________________ ____________________
____________________ ____________________
____________________ ____________________
____________________ ____________________
____________________ ____________________
____________________ ____________________
____________________ ____________________
____________________ ____________________

› Rechtschreibstrategien verwenden: Wortstamm beachten
› morphematische Strategie anwenden
› Schreibweise des Wortstamms für Wortfamilie beachten
› Sprachbuch, Seite 54

Wortstamm beachten

1 Finde noch 12 versteckte Nomen und kreise sie ein.
Bilde mit den Nomen zusammengesetzte Wörter und schreibe sie auf.

K	I	U	N	T	E	R	S	U	C	H	U	N	G	U	W	P
S	U	Z	N	Z	R	M	M	F	K	B	P	P	L	C	B	C
P	K	A	R	T	O	N	A	E	S	A	B	F	A	L	L	O
I	A	B	U	X	P	L	K	R	Q	H	A	Q	L	F	E	N
E	P	A	P	P	E	M	M	N	X	M	O	B	S	T	H	T
L	T	F	L	U	S	S	K	Y	T	E	U	L	S	C	P	A
K	O	N	T	R	O	B	L	E	F	S	R	A	V	G	B	I
V	L	K	U	E	N	A	E	F	V	S	V	K	I	V	E	N
V	F	C	Z	J	W	L	R	W	K	E	V	E	X	F	T	E
K	O	N	T	R	O	L	L	E	D	R	L	N	E	G	T	R

Kontrolluntersuchung,

2 Lies den Text. Finde die Fehler.
Schreibe den Text richtig auf.

Am Sontag hat Elsa mit ihrer Familie im Garten gefeiert. Nun ist dort ein riesiger Mülhaufen. Zusammen heben alle den Dreck vom Grilfest auf. Sie sammeln ihn in einem Abfaleimer. Uno findet einen Papbecher unter dem Tisch. Auf einmal prasselt ein gewaltiger Gewiterregen vom Himmel.

Wortstamm beachten

1 Bilde zusammengesetzte Nomen.
Schreibe sie mit ihrem bestimmten Artikel auf.

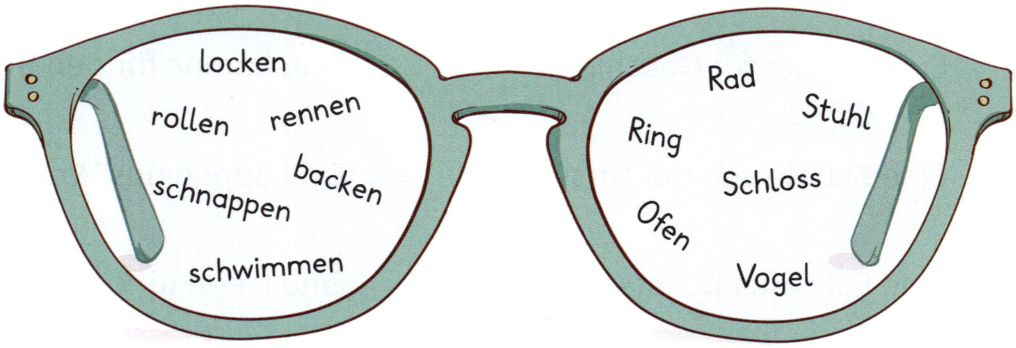

locken + Vogel → der Lockvogel,

2 Bilde weitere zusammengesetzte Nomen mit den Verben.
Schreibe sie auf.

fallen	stellen	backen	rennen	knallen	kratzen

3 Sag es kürzer und bilde zusammengesetzte Nomen. Schreibe sie auf.

Ein Band zum Absperren: Absperrband
Ein Fehler, der beim Tippen entsteht: ______
Ein Stuhl, den man zusammenklappen kann: ______
Eine Latte, mit der man messen kann: ______

› Rechtschreibstrategien verwenden: Wortstamm beachten
› morphematische Strategie anwenden
› Schreibweise des Wortstamms für Wortfamilie beachten
› Sprachbuch, Seite 56

1 Bilde Wörter.
Schreibe die Wörter richtig auf.

Ein Reiniger für Geschirr: Geschirrreiniger

Eine Lampe für den Stall: ______

Eine Schale von der Nuss: ______

Ein Lappen aus Wolle: ______

Eine Folie aus Kunststoff: ______

Eine Liebe für den Fußball: ______

2 Zerlege die Wörter und schreibe sie auf.

Kontrollliste   Rollladen   Stammmannschaft
Balletttanz   Krepppapier   Schritttempo   Schlusssatz

die Kontrolle + die Liste → die Kontrollliste,

______

______

______

______

3 Ergänze die Wörter passend.
Entscheide: **t**, **tt** oder **ttt**?

Ins Be___ gehen

Früher bewahrte man die Be___wäsche, also das Be___uch und den Be___bezug, in einer Be___ruhe auf. Wenn dann alles frisch bezogen war, konnte man die Be___ruhe besonders genießen. Vor dem Einschlafen dachten viele Menschen noch an das Be___en. Sie sprachen ein kurzes Gebe___, bevor ihnen die Augen zufielen. Also, gute Nacht!

Gedichte schreiben und überarbeiten

1 Erfinde passende Verben zu den Nomen.
Schreibe das Gedicht mit den neuen Verben auf.

Das Krokodil krokodilt im flachen Fluss.

Der Waran _______________ gern eine Nuss.

Der Emu _______________ viel umher.

Die Spinne _______________: „Das ist nicht schwer."

Der Igel _______________ unter dem Tisch.

Der Pinguin _______________ einen kleinen Fisch.

Die Kröte _______________ in eine Hand.

Der Dingo _______________ im heißen Sand.

2 Lies dein Gedicht halblaut. Stell dir vor, was die Tiere tun.
Übe deinen Gedichtvortrag.

3 Finde die Fehler und verbessere die Wörter.
Überprüfe den Wortstamm und die Personalform.

Der Biber biebere ein schönes Haus. bibert

Der Fischotter otert eine Maus. _______________

Der Hirsch hischt an der Tanne. _______________

Das Schwein schweinen lieber in der Wanne. _______________

Der Käfer kefern an der Hecke _______________

Die Zecke zeckst 'ne kleine Schnecke. _______________

› kreativen Text verfassen: Gedicht
› mit Sprache kreativ und spielerisch umgehen

› Sprachbuch, Seite 58, 59

UNTER DER LUPE

NT M

1 Kreise die Fehler ein und schreibe die Wörter richtig auf.

In der Bäckerei

Der Arbeitstag eines Bäckers beginnt sondervoll früh. |

Schon um 4.00 Uhr steht er in der Bakstube. |

Viele Geräte erleichtern die Arbeit: Die Knetmaschine knettet |
den Brötchenteig, die Rührmaschine rührt den Keksteig glatt.

Mit einem riesigen Kuchenschaber wird der Broteig |
in große Behelter gefült und gebacken. ||

Das riecht wunder bar. |

2 Welche Wörter gibt es?
Kreuze an.

	-los	-voll	-haft	-bar	-sam
kraft	X				
wunder					
gewalt					
sinn					
acht					

UNTER DER LUPE

1 Lies den Text genau. Finde die versteckten Verben.

Der Lieferwagen bringt früh am Morgen die Blumen. Zuerst wässert die Floristin Bettina die Kletterpflanzen. Dann drahtet sie zarte Stiele mit Bindedraht für die Sträuße. Um manche Blumen vor der Kälte zu schützen, wickelt Bettina sie in Einschlagfolie. Die Stauden setzt sie in Pflanzschalen. Für die Tischgedecke schneidet sie Steckmasse zurecht.

Lieferwagen: liefern + der Wagen, ______

2 Schreibe Aufzählungen über die Blumen/Pflanzen und die Aufgaben der Floristin.

Aufgaben: ______

Blumen/Pflanzen: ______

3 Verwende die Verben im Satz als Nomen.

liefern	wachsen	verpacken	leiden	besitzen

› Rechtschreib- und Grammatikwissen anwenden
› grundlegende sprachliche Begriffe und Strukturen kennen
› Sprachbuch, Seite 60, 61

Kapitel 4

haben – wünschen – brauchen

1 Hast du schon einmal geschwindelt?
Was war der Grund dafür? Schreibe auf.

____

____

2 Was war deine lustigste Schwindelei? Schreibe auf.

____

____

3 Hier wird geschwindelt. Verbinde passend.

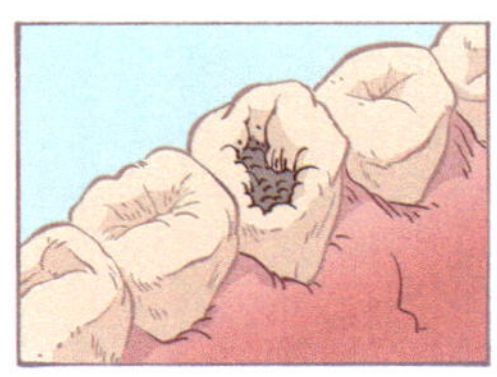
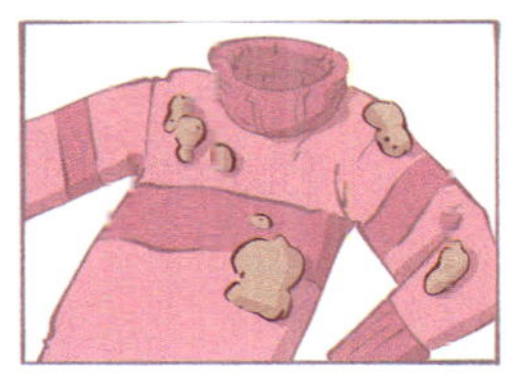

4 „Manchmal wünsche ich mir, dass ich nicht die Wahrheit sagen muss.“
Schreibe Beispiele auf.

____

____

Wörter üben

1 Schreibe die Wörter richtig auf.

der F_lm das Unge_euer trauri_ das G_heimnis e_rlich

____

____

2 Setze richtig zusammen.
Schreibe die Wörter auf.

treiben glücklich gegen glaublich vorstellbar

____

____

3 Setze die Wortgrenzen. Schreibe die Wörter auf.

____

____

4 Wahr oder falsch? Schreibe auf.

	wahr oder falsch
Katzen bellen	falsch
Kamele tauchen	
Hunde winseln	
Delfine springen	
Computer denken	
Kinder lachen	

Meine Aufgaben sind f e _ _ _ _ _ _ _ _.

› Grundwortschatz erweitern und selbstständig üben
› Alphabet als Ordnungssystem nutzen

› Sprachbuch, Seite 64

Eine Lügengeschichte planen und schreiben

1 Betrachte die Bilder. Überlege, was passiert sein könnte.
Schreibe den ersten Satz deiner Geschichte auf.

Wie es kam, dass ______________________

____

2 Deine Geschichte braucht Übertreibungen. Ergänze.

Ich habe meinen ______________ Turnbeutel einem Känguru geschenkt. Und das kam so: Ich war auf dem Weg zur Schule. Da kam ein ______________ Känguru ______________ an mir vorbeigehüpft. Es hatte ein ______________ Baby im Beutel. Das ______________ Baby sah meinen Turnbeutel und fragte ______________: „Kannst du mir helfen? Ich will zum Boxen und habe mein Sportzeug vergessen!“ Ich gab meinen Turnbeutel dem Baby. Es bedankte sich ______________. Heute stand in der Zeitung, dass es ________meister wurde.

3 Am Ende willst du die Wahrheit betonen.
Schreibe einen Schlusssatz auf.

____

____

Verben erkennen

1 Mache die Verbprobe. Kreise alle Verben ein.

VOGEL WOHNEN FREUDE LIEGT TRÜB OHR
TRINKT HEIß NEHMEN HUNGRIG GIBST WOLLEN
LÄUFST ERDE WARTE BLUME MESST
MUT WEINT GLÜCKLICH MÖGEN HALTET

2 Schreibe die Verben in der **wir**-Form und in der **du**-Form auf.

wir wohnen – du wohnst,

3 Markiere die Verben, bei denen sich der Wortstamm verändert.

4 Schreibe die Grundform der Verben auf.

hängen – es hing
______ – ich half
______ – du brachtest
______ – ihr gingt
______ – wir pfiffen
______ – er sprang
______ – du stiegst
______ – wir wogen
______ – sie zog
______ – ihr wart

5 Bilde Sätze mit den Verben.
Verwende die Verben in einer anderen Personalform.

› Funktion von Verben erkennen
› Verben verwenden
› grundlegende sprachliche Begriffe kennen: Personalform

› Sprachbuch, Seite 66

Verben im Präsens und Präteritum verwenden

1 Kreise die unregelmäßigen Verbformen ein.

er saß · es hatte · es regnete · sie sprang · er wusch · es wog · er leuchtete · er war · sie bremste · er hustete · sie zog · sie trank · er nieste · er ritt · sie schrieb · er pfiff · sie trug

2 Schreibe die unregelmäßigen Verben mit ihrer passenden Grundform auf.

er saß – sitzen ______________________

______________________ ______________________

______________________ ______________________

______________________ ______________________

______________________ ______________________

______________________ ______________________

3 Schreibe die Verben in der passenden Personalform im Präteritum auf.

wachsen –	es wuchs	müssen –	ich ______
nehmen –	du ______	dürfen –	er ______
fliegen –	ich ______	kennen –	du ______
rufen –	du ______	fahren –	wir ______
denken –	ihr ______	mögen –	er ______
haben –	wir ______	sein –	ihr ______

Verben im Präsens und Präteritum verwenden

1 Lies den Text. Kreise alle Verben ein.

Elsas Mutter wollte schon als Kind ein eigenes Pferd.
Sie nervte ihre Eltern täglich damit. „Ein eigenes Pferd bedeutet viel Verantwortung. Wir überlegen es uns noch einmal“, antworteten ihre Eltern. Täglich malte sie eine Wunschliste mit nur einem Wunsch darauf. Sie bat ihre Eltern: „Mama, Papa, ich verspreche, ich bin ganz fleißig und versorge das Pferd.“

2 Schreibe alle Verben in der Personalform sortiert auf.

Präsens	Präteritum
es bedeutet	sie wollte

3 Verwende die Verben in der passenden Personalform und Zeitform. Schreibe sie auf.

An ihrem Geburtstag __________ (aufwachen) Elsas Mutter früh ______.

Sie __________ (rennen) in den Garten, aber dort __________ (warten) kein Pferd.

Ihre Eltern __________ (sagen): „Wir __________ (verbinden) dir jetzt die Augen!“

Sie __________ (fahren) mit dem Auto los. Als Elsas Mutter die Augenbinde __________ (ablegen), __________ (sehen) sie im Garten vor Opas Haus ein wunderschönes Holzpferd.

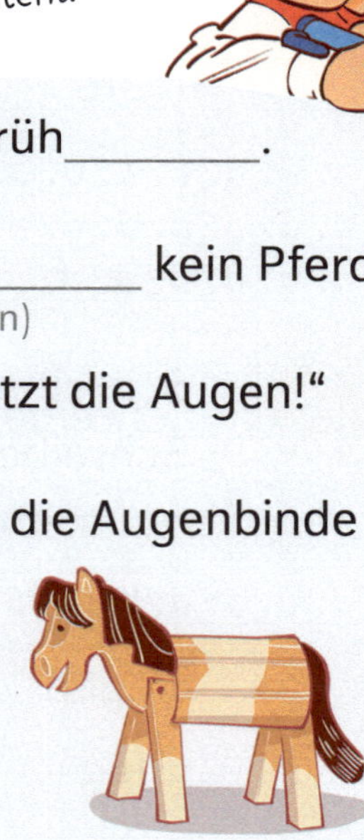

„Da __________ (sein) ja mein Pferd!“, __________ (freuen) sie sich.

› Funktion von Zeitformen kennen und anwenden
› Verben verwenden
› grundlegende sprachliche Begriffe kennen: Präsens, Präteritum

› Sprachbuch, Seite 67

Perfekt kennenlernen

1 Lies Umuts Geschichte und kreise alle Verben ein.

Auf meinem Weg zur Schule traf ich eine fleißige Kolonie Ameisen. Mitten auf dem Weg übersah ich ihre Eisbahn und landete ganz schlimm auf dem Rücken. Mit vereinten Kräften halfen die Ameisen mir wieder auf die Beine. Danach lief ich besonders langsam zur Schule und kam deshalb zu spät.

2 Schreibe die Verben in beiden Vergangenheitsformen auf.

ich traf – ich habe getroffen,

3 Lies Elsas Geschichte und kreise alle Verben ein.

Ich kam zu spät zur Schule,
denn Schmetterlinge nahmen mir die Vorfahrt.
Sie flogen einfach davon,
ich log wirklich nicht.

4 Schreibe Elsas Geschichte so auf, wie sie sie erzählt hat. Schreibe im Perfekt.

Perfekt verwenden

1 Male die Verben, die mit **haben** gebildet werden, gelb und die Verben, die mit **sein** gebildet werden, blau an.

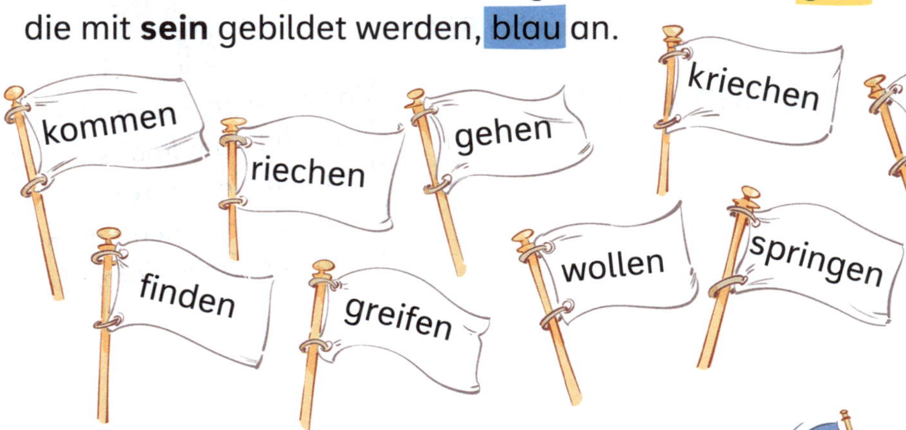

2 Schreibe die Verben, die mit **sein** gebildet werden, in der **ich**-, **du**- und **er**-Form auf.

ich bin gekommen, du bist gekommen, er ist gekommen

____

____

____

3 Lies den Text. Kreise die Verben ein.

Bei den Hausaufgaben kam ein Fuchs vorbei. Er schrieb schneller als ich und hatte die schönste Schrift. Bei Knobelaufgaben rechnete er besser als ich und den Hindernislauf lief er schneller als ich.

4 Schreibe den Text im Perfekt auf.
Verwende die passende Form von **haben** oder **sein**.

____

____

____

____

____

› Funktion von Zeitformen kennen und anwenden
› Verbformen bilden und verwenden
› grundlegende sprachliche Begriffe kennen: Präsens, Präteritum

› Sprachbuch, Seite 69

Futur kennenlernen

1 Umuts Familie hat sich viel für das nächste Wochenende vorgenommen. Schreibe Sätze.

- Mama: einen Kuchen backen
- Tante Tula: im Imbiss arbeiten
- Papa und Umut: Skateboard fahren
- Umut: einen neuen Rap aufnehmen
- Miran und Emin: Computerspiele spielen

Mama wird einen Kuchen backen.

2 Lulu überlegt, wie sie später leben will. Lies Lulus Ideen. Kreise die Verben ein.

In 30 Jahren lebe ich in einem großen Haus. Ich besuche meine Verwandten in Afrika. Von Beruf bin ich Künstlerin. Ich male riesengroße Gemälde. Ich verkaufe sie für viel Geld. Meine Freunde kommen oft zu Besuch. Sie begleiten mich auch auf meinen Reisen um die Welt.

3 Schreibe Lulus Vermutungen für ihre Zukunft in der passenden Zeitform auf.

In 30 Jahren werde ich in einem großen Haus leben.
Ich

Wörter mit doppelten Konsonanten schreiben

1 Lies die Wörter und entscheide, wie man sie sprechen muss.
Markiere in der ersten Silbe die Vokallänge.
Setze die Konsonanten ein.

n / nn
Schie___e
Mä___er
Ki___o
So___e

m / mm
Krü___el
Nu___er
Zi___er
Ka___el

t / tt
We___e
Tü___e
Ke___e
Pu___e

s / ss
Pau___e
Ro___e
Rü___el
Wi___en

l / ll
Fü___er
Ro___e
Wa___e
Scha___e

d / dd
Fa___en
Pa___el
Pu___ing
Ru___el

2 Lies die Sätze. Ergänze die Wörter passend.

In meiner Su___e schwi___en viele Nu___eln.
Am Hi___el tre___en sich Blitz und Do___er.
Mit der Flö___e spie___e ich schö___e Lie___er.
Im So___er bre___en die So___enstrahlen vom Hi___el.

3 Schreibe die Verben aus Aufgabe 2 in den Personalformen auf.

er: ______________________________

du: ______________________________

4 Ergänze den Lückentext passend.

Wenn ich mir nicht sicher bin, ob ein Wort mit einem ______________ Konsonanten geschrieben wird, dann achte ich auf den ______________. Wenn der ______________ einen doppelten ______________ hat, dann wird mein Wort auch mit einem ______________ Konsonanten geschrieben.

› Lautqualität von Vokalen untersuchen
› Struktur von Silben untersuchen
› grammatisches Wissen für die Rechtschreibung nutzen

› Sprachbuch, Seite 73

Wörter mit doppelten Konsonanten schreiben

1 Bilde die Grundform. Schreibe die Personalform auf und kreise den Wortstamm ein.

	Grundform	Personalform
du so l / ll st	sollen	du sollst
ihr he b / bb t		
du bru m / mm st		
ihr la s / ss t		
er ma l / ll t		
ihr e s / ss t		
ihr ru f / ff t		

2 Ergänze die fehlenden Buchstaben. Beachte den Wortstamm.

Erho___ung	Versa___lung	gesa___elt	weggero___t
abho___en	sti___ungsvoll	Vorwärtsro___e	gero___t
aufsa___eln	überho___t	Zitronenro___e	sa___eln
ansti___en	abro___en	Sa___lung	sa___elte
Ro___schuhe	Absti___ung	ro___en	Sti___ung

3 Kreise den Wortstamm ein. Finde weitere Wörter zu den Wortfamilien.

füllen, Füller, ______________________

____

Wettrennen, rennen, ______________________

____

fallen, er fällt, ______________________

____

Vokallänge prüfen: Wörter mit ß schreiben

1 Markiere die Vokallänge in der ersten Silbe.

reißen wissen draußen Sträuße messen dreißig Flüsse
Klöße Messer Grüße Schüssel Kasse
Schüsse schießen Größe Schlösser küssen gießen Klasse

2 Schreibe die Wörter geordnet auf.

langer Vokal

reißen, ____

kurzer Vokal

wissen, ____

3 Lies die Wörter und setze **ß** oder **ss** ein.

hei___en	Kü___e	Fü___e	Stra___e	Pä___e
bi___chen	flü___ig	bi___ig	sprie___en	schlie___en
Se___el	flei___ig	sto___en	bei___en	e___en
au___en	mü___en	Wa___er	So___e	pa___en

4 Schreibe Unsinnsätze mit möglichst vielen **ß**- und **ss**-Wörtern.

› Stammprinzip beachten
› Rechtschreibstrategie verwenden: Vokallänge
› Lautqualität beachten: s-Laut

› Sprachbuch, Seite 75

Vokallänge prüfen: Wörter mit ß schreiben

1 Lies die Sätze und entscheide: **ss** oder **ß**?
Schreibe die Wörter richtig auf.

Lügen haben kleine ________ (Fü_e)

Ich ________ (e_e) gerne ________ (flü_ige) ________ (Klö_e)

aus der ________ (Schü_el). Manchmal ________ (kü_e) ich

die ________ (Flo_en) der ________ (flei_igen) ________ (Walrö_er).

Wenn ich ________ (drau_en) ________ (Spä_e) mache,

dann ________ (fri_t) mich der Frosch mit seinem ________ (Rü_el).

2 Suche die Dinge, die mit **ss** oder **ß** geschrieben werden.
Schreibe sie auf.

____

____

____

3 Löse die Rätsel und schreibe richtig auf.

nicht viel, sondern ein bisschen

nicht fest, sondern ________

nicht wollen, sondern ________

nicht faul, sondern ________

nicht öffnen, sondern ________

nicht kleiner, sondern ________

nicht lieben, sondern ________

nicht drinnen, sondern ________

Eine Lügengeschichte überarbeiten

1 Was trifft auf Lügengeschichten zu? Kreuze an.

In Lügengeschichten ...

- ☐ gibt es starke Übertreibungen.
- ☐ gibt es keine Lügen.
- ☐ wird am Anfang eine Frage gestellt.
- ☐ werden übertriebene Vergleiche angestellt.
- ☐ werden die Lesenden nicht angesprochen.

2 Lies die Lügengeschichte.

Wie es kam, dass ich so eine komische Frisur habe

Ich glaube, ich war am Donnerstag beim Friseur.
Uno musste vor der Tür warten. Das gefiel ihm wohl nicht.
Darum fing er an, vor dem Fenster zu singen.
Weil nichts passierte, sang er ein zweites Lied.
Der Frisör blickte die ganze Zeit zu Uno.
Uno sang dann noch ein Lied.
Als der Frisör fertig war, schaute ich entsetzt in den Spiegel.
„Hm, das sieht ja aus! ...“

3 Überarbeite die Lügengeschichte.

4 Schreibe die Lügengeschichte verbessert auf.

› Textsorte kennen und verstehen: Lügengeschichte
› Text an der Schreibaufgabe überprüfen

› Sprachbuch, Seite 76, 77

UNTER DER LUPE

NT M

1 Kreise die Fehler ein und schreibe die Sätze richtig auf.

Gestern geschah etwas Unfasbares. |

Ich wolte für Lulu einen Kuchen backen. |

Zuerst suchte ich ale Zutatten und Küchengeräte zusamen. |||

Dann lass ich das Rezept aufmerksamm durch. ||

Schrit für Schritt mischte ich alle Zutaten mit dem Mixer |
zu einem glaten Teig. |

Doch dann verwanndelte sich der Mixer in ein wüttendes |
Monster. |

2 Schreibe das Verb **mischen** in allen Personalformen im Perfekt auf.

ich habe

UNTER DER LUPE

1 Kreise alle Verben ein. Schreibe den Text im Futur auf.

Was tut Elsa?

Schnell putzt Elsa die Küche blitzblank. Sie schrubbt die Teigreste von den Schränken und vom Boden. Dann poliert sie den Mixer. Sie reinigt die Arbeitsfläche. Zuletzt wischt sie den Boden.

Was wird Elsa tun? ____________________

____

____

____

____

____

2 Bilde eine Wortfamilie zum Wortstamm Ess/ess.

____

____

____

3 Bilde die Vergleichsformen der Adjektive.

hoch – ____________________

viel – ____________________

gut – ____________________

4 Setze **ß** oder **ss** ein. Finde jeweils ein Reimwort.

hei___en Schü___el Ta___e flie___en Klö___e Gefä___e

____

____

Kapitel 5

lesen – hören – sehen

PROJEKTWOCHE FÜR ALLE

Am Samstag präsentieren die Kinder der Grundschule ihre Ergebnisse der Projektwoche zum Thema „Experimente und Erfindungen des Alltags“. Von 10 bis 16 Uhr können interessierte Kinder in den verschiedenen Klassen- und Fachräumen der Grundschule die Ergebnisse der Projekte bewundern und mitmachen. Weil das Interesse der Grundschulkinder so hoch ist, soll im Anschluss der Projektwoche eine Arbeitsgemeinschaft entstehen, in der die Kinder sich weiterhin mit Experimenten und Erfindungen des Alltags beschäftigen, so Herr Pfiffig, stellvertretender Schulleiter der Grundschule.

1 Aus welchen Medien kennst du Berichte? Schreibe auf.

____

____

2 Worüber wird dort berichtet? Schreibe auf.

____

____

3 Von welchem Ereignis musstest du schon einmal jemandem ganz genau berichten? Schreibe auf.

____

____

____

____

4 Welche Aufgaben hat ein Bericht? Kreuze an.

- ☐ Ein Bericht muss genau über ein Ereignis informieren.
- ☐ Ein Bericht muss lustig sein.
- ☐ Ein Bericht muss spannend sein.
- ☐ Ein Bericht muss sachlich sein.

Wörter üben

1 Kreise Lupenstellen ein und schreibe deine Lieblingsfehlerwörter auf.

passieren	geschehen	der Vorfall
das Ergebnis	blass	erklären
das Ereignis	die Ärztin	aufnehmen

____

____

2 Welche Wörter verstecken sich hier?
Schreibe die Wörter auf.

die Kreuzung	der Beweis	der Unfall
______	______	______
die Information	die Wahrheit	der Bericht
______	______	______

3 Schreibe die Wörter richtig auf.

b b ch a
e o
t e n

____

n i l ü
tz ch

____

b a s
l s

____

Au g
s a
e s

____

st r n
ü
e z

____

e ä r
k l n
e r

____

p s s r
a ie
e n

____

e r
l b
e n e

____

Einen Bericht planen und schreiben

1 Lies die Sprechblasen.

Die Autorenlesung am Freitag war toll!

Ja, Henriette Wich schreibt spannende Kinderbücher und Jugendbücher. Ich liebe ihre Geschichten!

Das neue Buch „Der rätselhafte Hundedieb", aus dem sie uns mit verstellter Stimme in der Aula vorgelesen hat, ist so cool.

Ich glaube, ich leihe mir morgen eines ihrer Bücher aus. Sie hat unserer Schule ja ein paar Bücher geschenkt!

2 Unterstreiche diese Informationen:
Wann? Was? Wo? Wer? Wie? Welche Folgen? Schreibe sie geordnet auf.

Wann: ______________________

Was: ______________________

Wo: ______________________

Wer: ______________________

Wie: ______________________

Welche Folgen: ______________________

3 Schreibe einen vollständigen Bericht für die Homepage der Schule auf.

____

____

____

____

____

____

____

____

Das Prädikat kennen

1 Lies die Sätze. Verbinde mit einem passenden Prädikatsteil.
Schreibe die Verben in ihrer Grundform auf.

Die Polizei weist den Detektiven einen neuen Fall	auf.
Sie nehmen die Spuren	an.
Umut ruft Paul	zu.
Die Detektive hören den Zeugen ganz genau	zu.

____

____

2 Bilde Sätze und schreibe sie auf.
Kreise die Prädikatsteile ein und verbinde sie.

nachmittags Lulu will im Kinderradio am Computer anhören Nachrichten .

____

man ein Radio zum Anhören der Nachrichten Früher hat gebraucht .

____

im Internet viele Informationen Heute können wir finden .

____

hat viele Geräte Der Computer ersetzt .

____

nach der Schule die Nachrichten Paul darf auf dem Tablet lesen .

____

____

3 Bilde eigene Sätze mit zwei Prädikatsteilen.

____

____

› Satzglieder kennen: Prädikat
› Funktion von Satzgliedern kennen und anwenden
› grundlegende sprachliche Begriffe kennen: Prädikat

› Sprachbuch, Seite 84

Satzglieder erkennen

1 Bilde mit allen Wortkarten Sätze. Jeder Satz soll anders beginnen.
Kreise ein, was vor dem Prädikat steht.

die | Detektive | neue | oft | Fälle

____

____

____

____

2 Kreise die Satzglieder ein.

Die Detektive lesen täglich die Nachrichten.

Jeder Detektiv ist neugierig.

In der Schule berichten sie alle Neuigkeiten.

Manchmal helfen die Detektive der Polizei.

Uno und Murmel begleiten die Detektive bei ihren Einsätzen.

3 Stelle das Prädikat an den Satzanfang und bilde Fragesätze.
Kreise die Satzglieder ein.

Die Detektive schreiben jeden Fall in ihr Tagebuch.

____

Im Detektivtagebuch stehen alle wichtigen Informationen.

____

____

Lulu schreibt gern in das Detektivtagebuch.

____

Satzglieder kennenlernen: Subjekt und Prädikat

1 Finde die Satzglieder, die unbedingt im Bus sitzen müssen.
Streiche alle unnötigen Satzglieder durch. Schreibe die kurzen Sätze auf.

Umut singt unter der Dusche ein Lied. ______________________

Seit zwei Minuten klingelt das Telefon. ______________________

Die Blumen blühen jeden Sommer. ______________________

In den Bäumen zwitschern die Vögel. ______________________

2 Welches Subjekt passt? Entscheide und schreibe die Sätze richtig auf.

Uno | Umut und Elsa — ... **schläft** immer lange.

____

Paul und Umut | Lulu — ... **lesen** gern Bücher im Bett.

____

Lulu | Paul und Elsa — ... **spielen** viel mit ihren Haustieren.

____

3 Wende die Busprobe an.
Markiere zuerst das Prädikat und danach das Subjekt.

Der Radfahrer hält an der Ampel. Im Sommer scheint die Sonne.

Den ganzen Abend läuft der Fernseher im Wohnzimmer.

In den Sommerferien kommt Pauls Oma.

4 Erkläre, wie du das Subjekt im Satz erkennst.

____

____

› Satzglieder kennen: Subjekt, Prädikat
› Funktion von Satzgliedern kennen und anwenden
› grundlegende sprachliche Begriffe kennen: Subjekt

› Sprachbuch, Seite 86, 87

Satzglieder kennenlernen: Objekte

1 Ordne die passenden Objekte zu. Schreibe die Sätze auf.
Markiere die Satzglieder.

Murmel kaut	Elsa.
Elsa fragt	ihre Mutter.
Uno erwartet	einen Knochen.
Paul liebt	seine Hündin Murmel.

2 Markiere in deinen Sätzen zuerst das Prädikat,
danach das Subjekt und das Objekt.

3 Hier fehlen noch wichtige Informationen. Schreibe vollständige Sätze.

Elsa bekommt

Murmel entdeckt

Umut hört

Uno holt

4 Schreibe Sätze mit den Satzgliedern **Subjekt** und **Objekt**.
Nutze diese Prädikate: geben, behalten, wegnehmen, bringen

Satzglieder kennenlernen: genauere Bestimmungen

1 Ordne die genaueren Bestimmungen passend zu. Schreibe die Sätze auf. Markiere die Satzglieder.

Umut und Paul kochen	in Elsas Bett.
Murmel buddelt	hinter dem Detektivschuppen.
Elsa und Lulu warten	in der Imbissküche.
Uno schläft	auf den Bus.

____

____

____

____

____

2 Ergänze die Sätze.

... seit Jahren bei Pauls Familie.
... stundenlang im Kinderzimmer.
... täglich auf dem Bauernhof.
... seinen Freunden viele Nachrichten.

Paul schreibt ______________________________

Murmel lebt ______________________________

Umut tanzt ______________________________

Elsa spielt ______________________________

3 Markiere die Satzglieder:
Prädikat, Subjekt, genauere Bestimmungen.

Umut hilft am Wochenende im Imbiss. Murmel schwimmt an das Ufer.

Elsa hüpft auf ihrem Bett. Uno liegt nachts in seinem Körbchen.

Lulu winkt aus dem Detektivschuppen.

› Satzglieder kennen: adverbiale Bestimmungen
› Funktion von Satzgliedern kennen und anwenden
› grundlegende sprachliche Begriffe kennen: Bestimmungen

› Sprachbuch, Seite 90

Satzglieder kennen

1 Ergänze Informationen, damit die Sätze genauer werden.

Uno findet.
Uno findet einen Knochen.
Uno findet einen Knochen morgens.
Uno findet einen Knochen morgens im Garten.

Paul bekommt ______________________________
Paul ______________________________
____
____

Elsa holt ______________________________
Elsa ______________________________
____
____

2 Wende die Busprobe an. Unterstreiche die genaueren Bestimmungen und schreibe den Text ohne sie auf.

Viele Menschen lesen morgens die Zeitung. Sie informieren sich täglich.
In der Zeitung findet man wichtige Neuigkeiten.
Seit einigen Jahren kann man die Zeitung auch im Internet lesen.
Am Bildschirm kann man die Schrift vergrößern.

____
____
____
____
____
____
____

Verben und Nomen verlängern

1 Schreibe die Verben richtig auf. Verlängere, indem du die Grundform bildest.

er ü p/b t	üben – er übt	er zei g/k t	______
er schie p/b t	______	er fra g/k t	______
er kle p/b t	______	er dan g/k t	______

2 Zerlege die Nomen.
Verlängere den ersten Teil und ergänze den richtigen Buchstaben.

die Flu [g] hafen	– fliegen	– der Flughafen
der Par [ ] platz	– ______	– ______
das Leich [ ] gewicht	– ______	– ______
das Stran [ ] tuch	– ______	– ______
der Kle [ ] stoff	– ______	– ______
der Wir [ ] stoff	– ______	– ______
der Frem [ ] körper	– ______	– ______

3 Entscheide: **d** oder **t**? Schreibe die Wörter richtig auf.

Morgens mache ich mir vor dem ______ (Ba▢spiegel) ______ (Flech▢zöpfe).

Opa ______ (zei▢t) mir oft seinen ______ (Bil▢band) über Afrika.
Er ______ (den▢t) gern an diese Zeit zurück.

Am Wochenende besuchen wir eine ______ (Bur▢ruine).
Man erreicht sie über eine alte ______ (Zu▢brücke).

› Rechtschreibstrategien verwenden: Verlängern
› Wörter mit Auslautverhärtung richtig schreiben
› über Fehlersensibilität verfügen

› Sprachbuch, Seite 92, 93

Wörter mit s-Laut am Ende schreiben

1 Lies die Wörter und markiere die Vokallänge in der letzten Silbe.

der Spa■ der Bi■ er mu■
das Ma■ die Lau■
der Prei■ na■ lautlo■
das Gla■ hei■
der Ansto■ der Fu■ der Stre■
das Ga■ sü■
der Bewei■ der Genu■ der Schlu■

2 Schreibe die Wörter mit kurzem Vokal richtig auf.

-ss ______________________________

____

3 Verlängere die Wörter mit langem Vokal.
Schreibe sie richtig auf.

-s ______________________________

____

____

-ß der Spaß – die Späße

____

____

4 Schreibe Quatschsätze mit möglichst vielen Wörtern mit **s**-Laut am Ende.

____

____

____

____

› Rechtschreibstrategien verwenden: Verlängern, Vokallänge
› Lautqualität überprüfen
› über Fehlersensibilität verfügen

› Sprachbuch, Seite 94, 95

Einen Bericht überarbeiten

1 Was stimmt hier nicht? Lies den Bericht genau.

Diebstahl auf dem Flohmarkt

Die Grundschule veranstaltete einen Flohmarkt. Juhu!
Ich habe mich riesig darauf gefreut. Der Erlös sollte dem Tierheim gespendet werden. Ich finde Hunde so süß!

Elsa und Paul verkauften altes Hunde-Spielzeug.
Sie sammelten super viel Geld.
Am Abend merkten sie, dass ihr gesamtes Geld verschwunden war.
Elsa weinte: „So eine Gemeinheit!“
Jemand stahl das Geld wahrscheinlich. Deshalb spendeten sie dem Tierheim etwas von ihrem Taschengeld.

Ach ja, der Flohmarkt war am Samstag auf dem Schulhof.

2 Welche Wörter und Sätze gehören nicht in einen Bericht? Streiche sie durch.

3 Unterstreiche die wichtigen Informationen:
Wann? Was? Wo? Wer? Wie? Welche Folgen?

4 Schreibe den Bericht geordnet auf.

› Text an der Schreibaufgabe überprüfen
› Text sprachliche und inhaltlich optimieren

› Sprachbuch, Seite 96

UNTER DER LUPE

1 Kreise die Fehler ein und schreibe die Wörter richtig auf.

Pauls Tante hat ihm einen Biltband über Riesenschiltkröten geschenkt. ||

Diese Tiere sind rießengroß, bärenstark und langlebik. ||

Das Mas ihrer Panzer beträkt oft mehr als einen Meter. ||

Es gipt Schildkröten, die ohne Nahrung und Flüßigkeit lange leben. ||

Während einige gern Grass fresen, zerkleinern andere ||
mit einem Biß sogar Kakteen. |

Das ist wichtig, da sie so Waser zu sich nehmen können, |
wenn es bloss diese Möglichkeit gibt. |

2 Streiche die Satzglieder durch, die du weglassen kannst.

Paul liest in seiner Freizeit Sachbücher und schaut lustige Tierfilme im Internet.

3 Markiere die Objekte in diesem Satz.

Paul besucht Museen und lernt die Vorfahren der Schildkröten kennen.

1 Bringe die Schritte in die richtige Reihenfolge. Nummeriere sie.

- ◯ Ich höre, ob der **s**-Laut klingt wie ein Summ-**S** oder Schlangen-**ß**.
- ◯ Ich prüfe die Vokallänge.
- ◯ Bei einem kurzen Vokal setze ich -**ss** ein.
- ◯ Ich setze -**s** oder -**ß** am Ende ein.
- ◯ Bei einem langen Vokal verlängere ich das Wort.

2 Erkläre, warum die Wörter mit verschiedenen **s**-Lauten geschrieben werden.
Finde zu jedem **s**-Laut ein eigenes Beispielwort.

Glas heiß Fass

____

____

3 Kreise die Wörter, die falschgeschrieben sind, ein.
Welche Strategie hilft dir, um sie richtig zu schreiben?

Paul liept Reptilien.

Er beobachtet sie regelmäsig im zoo und kennt viele Arten.

Er treumt davon, in einigen Jaren Tierpflger zu werden.

4 Finde zu jeder Rechtschreibstrategie ein Lupenwort aus dem Text.
Schreibe es richtig auf und beweise.

Strategie	Beweis	Lupenwort
	lieben	liebt
M		
N↑		

Kapitel 6

träumen – fragen – nachdenken

1 Hast du schon einmal ein Interview gelesen, gehört oder gesehen? Schreibe auf.

____

____

____

____

2 Wann und wozu führt man Interviews? Schreibe auf.

____

____

3 Wen würdest du am liebsten interviewen? Was würdest du fragen? Schreibe auf.

____

____

____

____

Wörter üben

1 Schreibe die Wörter richtig auf.

v r o l sch a e n g	U t e r n i t r ch	j m e n a d
I n v t e ie w r	b n e g i n n e	P n k t t ü k ei l i ch

2 Zeichne Wortgrenzen ein.

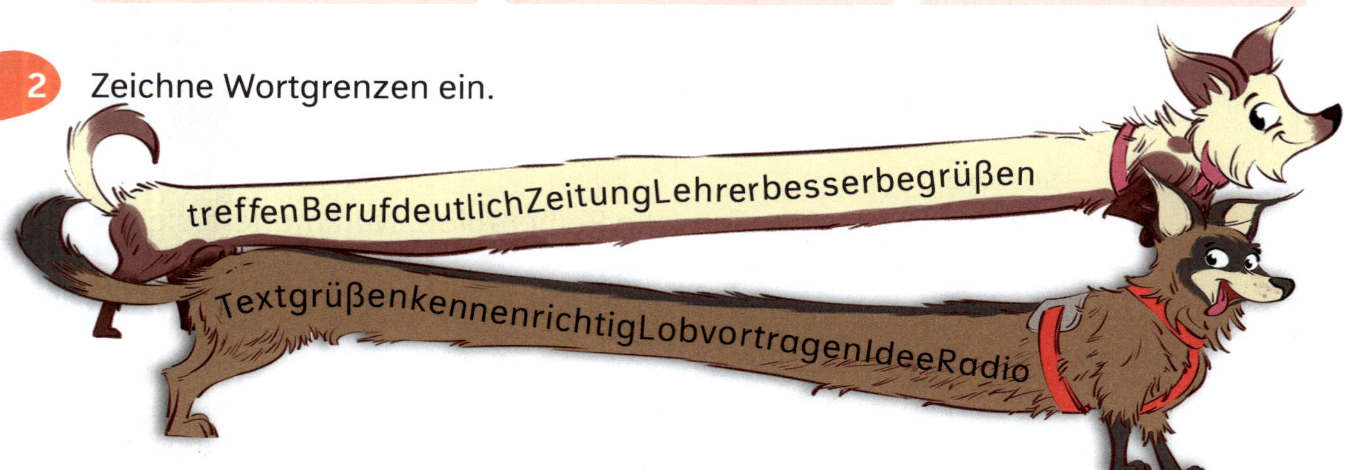

3 Ordne die Wörter nach Wortarten. Schreibe sie richtig auf.

Nomen

Verben

Adjektive

4 Schreibe deine Lieblingsfehlerwörter auf.

› Grundwortschatz erweitern und selbstständig üben
› Alphabet als Ordnungssystem nutzen

› Sprachbuch, Seite 102

Ein Interview planen

1 Welche Fragen könnten die Kinder den Personen stellen? Ordne die Interviewfragen den richtigen Personen zu.

1 Welche Tiere mögen Sie am liebsten und warum?

2 Was war Ihr schwierigster Löscheinsatz?

3 Hatten Sie schon einmal einen Rettungseinsatz?

4 Was macht Ihnen beim Backen besonderen Spaß?

5 Führen Sie viele Operationen durch?

2 Bringe die Fragen in eine sinnvolle Reihenfolge. Nummeriere sie.

- Womit beginnen Sie Ihren Arbeitstag in der Backstube?
- Was war das Außergewöhnlichste, das Sie bisher gebacken haben?
- Was backen Sie am allerliebsten?
- Wann müssen Sie nachts aufstehen?
- Was war daran besonders schwierig und außergewöhnlich?

3 Formuliere drei weitere Fragen an die Bäckerin.

____

____

____

Ein Interview planen und vorbereiten

1 Bereite dein Interview vor. Benutze den Schreibplan.

- ☐ Begrüßung ____________________
- ☐ Aufgaben ____________________
- ☐ Lieblingstätigkeit ____________________
- ☐ Arbeitstag ____________________
- ☐ Dauer ____________________
- ☐ besondere Erlebnisse ____________________
- ☐ ____________________
- ☐ ____________________
- ☐ Verabschiedung ____________________

Offene und geschlossene Fragen kennen

1 Lies das Interview zwischen Elsa und Frau Kehr.

Mögen Sie Ihren Beruf, Frau Kehr?	Ja, sehr.
Arbeiten Sie schon lange als Reinigungskraft?	Ja.
Sind Sie schon lange an unserer Schule?	Ja.
Ist es bei Ihnen zu Hause auch immer so sauber?	Na klar.
Hilft Ihnen zu Hause ein Staubsauger-Roboter?	Nein.
Ärgern Sie sich manchmal über unseren ganzen Dreck?	Hin und wieder schon.

2 Wieso konnte Elsa nur wenig über Frau Kehr erfahren? Ergänze den Lückentext passend.

offene | Offene Fragen | erzählen | geschlossene | Geschlossene Fragen | erfahren

In einem Interview kann man ____________ oder ____________ Fragen stellen. ____________ kann man mit Ja oder Nein beantworten. ____________ beginnen mit einem Fragewort: Wer? Wie? Was? Wo? Warum? Wodurch? Dadurch kann der Interviewpartner mehr ____________ und man kann mehr über ihn ____________.

3 Wie hätte Elsa ihre Fragen besser formulieren können? Schreibe sie um.

____

____

____

____

____

____

Ein Interview durchführen

1 Lies die Antworten aus dem Interview mit Frau Brühl.

1. Ich bin noch nicht sehr lange hier an dieser Schule. Erst seit 2 Jahren.
2. Sport ist ein wichtiges Unterrichtsfach. Kinder brauchen auch Bewegung, da sie den ganzen Schultag hauptsächlich sitzen und arbeiten.
3. Am liebsten unterrichte ich Handball und Hockey.
4. Weil ich Ballsportarten für Kinder wichtig finde, da man im Team spielt und nicht allein ist.
5. In meiner Freizeit lese ich viel oder arbeite im Garten.
6. Ich jogge und schwimme auch gern.

2 Welche Fragen haben Elsa und Umut wohl gestellt?
Schreibe zu jeder Antwort die passende Frage auf.

3 Was könntest du Frau Brühl noch fragen?
Schreibe auf.

› offene Fragen kennen und anwenden
› Lerninhalte geordnet festhalten

› Sprachbuch, Seite 106

Ein Interview überarbeiten

1 Lies das Interview zwischen Lulu, Paul und dem Schulkoch, Herrn Köstlich.

Frage: Herr Köstlich, was mögen Sie an Ihrem Beruf?
HK: macht Spaß etwas Leckeres zuzubereiten, andere freuen sich über mein Essen, freut mich, wenn es anderen schmeckt
Frage: Wie lange arbeiten Sie schon als Koch?
HK: seit ungefähr 12 Jahren
Frage: Haben Sie schon immer an unserer Schule gearbeitet oder auch schonmal in einem Restaurant?
HK: Ausbildung in einem Restaurant, dort mehrere Jahre gearbeitet, seit 6 Jahren an der Schule
Frage: Wie kam es dazu, dass Sie für Kinder kochen wollten?
gesunde Ernährung für Kinder wichtig

2 Schreibe aus den Antworten von Herrn Köstlich ganze Sätze.

3 Führe den Rechtschreib-Check durch.

Wörtliche Rede kennen und verwenden

1 Lies halblaut und überlege, **wie** die Kinder sprechen.

Elsa freut sich: „Toll, dass wir zusammen eine Abschlusszeitung herstellen!“

Umut ______________ Wenn man nur nicht so viel schreiben müsste!

Lulu ______________ Wer wird unsere Zeitung wohl lesen?

Paul ______________ Ob wir rechtzeitig fertig werden?

Elsa ______________ Wir haben noch sehr viel Arbeit vor uns!

Umut ______________ Dann sollten wir jetzt gleich anfangen.

Lulu ______________ O.K. Elsa, komm! Wir gehen los.

Elsa ______________ Bin schon da. Auf geht’s!

2 Vervollständige die Begleitsätze mit Wörtern aus dem Wortfeld **sprechen**. Setze auch die Zeichen der wörtlichen Rede ein.

sich freuen	stöhnen	jammern
fragen	überlegen	rufen
auffordern	klagen	meinen
befehlen	murmeln	schimpfen

3 Bilde Sätze mit wörtlicher Rede.
Denke an den Begleitsatz und die Anführungszeichen.

____

____

____

____

____

____

____

____

Wörtliche Rede mit nachgestelltem Begleitsatz kennen

1 Lies das Gespräch und unterstreiche die Begleitsätze.

Wie gefällt euch das Ende meiner Geschichte fragt Moritz
Du solltest noch erklären, wie es zu der Auflösung
des Rätsels kam schlägt Aaron vor
Ja und dann möchte ich noch wissen, wie es den Kindern
am Ende geht meint Emil
Die beiden Vorschläge finde ich auch gut.
Verbessere beides fordert Ferdi
Schade, dass wir nicht von allen Kindern Geschichten
veröffentlichen können bedauert Anton
Aber dann wäre unsere Zeitung viel zu dick lacht Moritz

2 Setze die Zeichen der wörtlichen Rede und die Satzschlusszeichen ein.

3 Bei einer Schreibkonferenz wird viel gesprochen.
Schreibe Sätze mit wörtlicher Rede und nachgestelltem Begleitsatz auf.

Wörtliche Rede verwenden

1 Setze die Zeichen der wörtlichen Rede und die Satzschlusszeichen ein.

Johanns Vater ruft bei Johanns Freund Kalle an und bittet ihn
Sag doch bitte Johann, dass er nach Hause kommen soll
Aber wir spielen gerade Warum denn so früh fragt Kalle
erstaunt Da stöhnt der Vater Ich komme mit Johanns
Hausaufgaben einfach nicht zurecht

2 Schreibe den Witz mit wörtlicher Rede auf.
Verwende vorangestellte und nachgestellte Begleitsätze.

Worttrennung am Zeilenende anwenden

1 Kreise auf jedem Bildschirm die beiden falsch getrennten Wörter ein. Verbessere diese Wörter und schreibe sie richtig auf.

der Uh-u
der We-cker
bre-chen
der E-sel

der Aff-e
die Sa-chen
der Ofen
setz-en

der Zu-cker
nüt-zen
die Flasch-en
bac-ken

2 Trenne die Wörter nach Trennungsregeln. Schreibe sie auf.

naschen Zuckerstange verpacken sitzen Igel Fische Hundefutter

3 Trenne die Wörter, die getrennt werden dürfen, sinnvoll.

Als Umut vorgestern Abend
auf seinem Skateboard flitzen
wollte, stürzte er unglücklich
an einer viel zu hohe Bordsteinkante
Er blieb zum Glück unverletzt,
jedoch riss seine Lieblingshose.
Einige Spaziergänger beobachteten
alles und eilten zur Hilfe.

flit-zen,

ÜBER MICH

Das ist mein Lieblingsdetektivkind: ....

....

....

Das war mein Lieblingsthema:

....

....

....

....

Das fand ich besonders lustig:

....

....

....

Das habe ich dieses Jahr mit Passwort Lupe gelernt:

....

....

Das ist mir nicht so leicht gefallen:

....

....

Das mochte ich gar nicht: ....

....

Darauf bin ich besonders stolz: ....

....

....

....

Das bin ich:

....

....

....

....

....

Diesen Text von mir finde ich besonders gut:

....

....

....

UNTER DER LUPE

NT M

1 Kreise die Fehler ein und schreibe die Wörter richtig auf.

Die Kinder der vierten Klasse erstellen eine Abschluszeitung. |

____

Dafür machen sie ein Intervju mit ihrem Leerer. ||

____

Sie befragen in nach seinen Lieblingfilmen und seinen Hobbys. ||

____

Auf die Frage, warum er eigentlich nie beim Versteken mitspielt, |
Antwortet der Sportlehrer: Würdet ihr mich denn suchen?“ ||

____

Bei der Abschluss Feier müssen alle enk zusammenrükken. |||

____

Es gibt Teaterstücke zu sehen. Das wird ein Spass? |||

____

2 Die Kinder befragen ihren Mathelehrer. Schreibe zwei Fragen und zwei Antworten auf. Denke an die Redezeichen der wörtlichen Rede.

Die Kinder fragen ______________________________

__________________________, antwortet der Mathelehrer.

Die Kinder fragen ______________________________

__________________________, antwortet der Mathelehrer.

1 **i** oder **ie**? Ergänze.

Kam__n	Br__f	P__lot	B__ber	K__nd
Pral__ne	T__ger	W__nd	Fl__ge	Rad__o
Gard__ne	S__b	Krokod__l	Ros__ne	P__nsel

2 Löse das Rätsel.

Dritter Monat: M __M ä r z__

Australisches Beuteltier: M __ __ __ __ __ __ __ __

Tag zwischen gestern und morgen: __ __ __ __ __

Es ist nicht früh, sondern: M __ __ __ __

Eine Schwellung am Kopf: __ __ __ __ __

Das hängt am Mast eines Schiffes: __ __ __ __ __

Lösung: R ____________________

3 Schreibe die Sätze im Präteritum und Perfekt auf.

1. Die Kinder fahren mit dem Bus.

____

____

2. Sie besuchen ein Museum.

____

____

4 Bilde eine Wortfamilie zu Spaß/spaß oder Steck/steck.

____

____

CARTOBAC

Méthodes et entraînements
Cartes, croquis et schémas du BAC

Tle ES-L S

Jacqueline JALTA, agrégée de géographie
Jean-François JOLY, agrégé de géographie
Roger REINERI, agrégé de géographie
José RIQUIER, agrégé d'histoire-géographie

Avec la collaboration de :

Marion BEILLARD, académie de Versailles
Françoise DRAIN, agrégee d'histoire
Benoit LISBONIS, lycée François 1er – Le Havre
Michaël PARDON, lycée Pablo Picasso – Perpignan

MAGNARD

© Magnard, 2017 - ISBN : 978-2-210-10770-0

« Sous réserve des exceptions légales, toute représentation ou reproduction intégrale ou partielle, faite, par quelque procédé que ce soit, sans le consentement de l'auteur ou de ses ayants droit, est illicite et constitue une contrefaçon sanctionnée par le Code de la Propriété Intellectuelle. Le CFC est le seul habilité à délivrer des autorisations de reproduction par reprographie, sous réserve en cas d'utilisation aux fins de vente, de location, de publicité ou de promotion de l'accord de l'auteur ou de ses ayants droit. »

W0221827

CARTOBAC Sommaire

➡ Le croquis dans les épreuves du Bac

Le croquis est un exercice de la **seconde partie du baccalauréat des séries ES-L-S**.
Le candidat doit réaliser un **croquis d'organisation spatiale d'un territoire** en réponse à un sujet. **Pour la réalisation du croquis, un fond de carte est fourni au candidat**.

Partie 1 Les croquis du Bac

MÉTHODE 1 Réaliser un croquis 6
S'entraîner 1 Pôles et flux de la mondialisation 8
S'entraîner 2 Une inégale intégration des territoires dans la mondialisation 12
S'entraîner 3 Les espaces maritimes : approche géostratégique **ES-L** 16
S'entraîner 4 Les dynamiques territoriales des États-Unis 20
S'entraîner 5 Les dynamiques territoriales du Brésil 24
S'entraîner 6 Le continent africain : contrastes de développement et inégale intégration dans la mondialisation 28
S'entraîner 7 Mumbai : inégalités et dynamiques territoriales **ES-L** 32

CARTOBAC INTERACTIF

Animations méthode
- Choisir des figurés adaptés.
- Respecter les critères d'un bon croquis.

Aides
- Comprendre la construction du croquis (S'entraîner 1 à 7).

➡ Les schémas dans les épreuves du Bac

Le candidat peut intégrer **une ou des productions graphiques simples** (schémas fléchés ou schémas graphiques) dans la composition de géographie de la première partie de l'épreuve pour **étayer et illustrer son développement** (séries ES-L-S).
Ces productions graphiques sont placées **à l'intérieur d'un paragraphe ou en conclusion**.

Partie 2 Les schémas du Bac

MÉTHODE 2 Réaliser un schéma fléché 38
MÉTHODE 3 Réaliser un schéma graphique 39
S'entraîner 8 Pôles et flux de la mondialisation 40
S'entraîner 9 Un produit mondialisé : l'automobile 41
S'entraîner 10 L'inégale intégration des territoires à la mondialisation 42
S'entraîner 11 Routes maritimes et passages stratégiques 43
S'entraîner 12 Une façade maritime 44
S'entraîner 13 L'Amérique : de fortes inégalités – une intégration incomplète 45
S'entraîner 14 L'Amérique, un continent entre tensions et intégrations 46
S'entraîner 15 États-Unis – Brésil : rôle mondial 47
S'entraîner 16 Les dynamiques territoriales des États-Unis 48

CARTOBAC INTERACTIF

Animations méthode
- Comprendre la réalisation d'un schéma fléché.
- Utiliser les informations d'un schéma fléché.
- Mémoriser le contour du schéma graphique.
- Utiliser les informations d'un schéma graphique.

Aides
- Réaliser le schéma (S'entraîner 8 à 22).

© Magnard

S'entraîner 17 Les dynamiques territoriales du Brésil 50
S'entraîner 18 Le Sahara : ressources, conflits 51
S'entraîner 19 Le continent africain face au développement et à la mondialisation 52
S'entraîner 20 Mumbai : modernité, inégalités ES-L 54
S'entraîner 21 Les défis de la population et de la croissance en Asie du Sud et de l'Est 56
S'entraîner 22 Japon – Chine : deux puissances concurrentes en Asie – des ambitions mondiales 57

➜ La carte dans les épreuves du Bac

L'étude de document(s) en séries ES-L / L'analyse de document(s) en série S

L'épreuve de la seconde partie du baccalauréat **(étude critique de document(s) en séries ES-L; analyse de document(s) en série S)** porte sur un ou deux documents dont souvent **une carte**.

Le candidat doit mettre en œuvre les démarches de l'analyse de document(s) en géographie: compréhension du contenu, enjeux spatiaux, intérêt et limites pour la compréhension de la situation géographique abordée (en prenant toute la distance critique nécessaire en séries ES-L), confrontation des documents.

Partie 3 Les études de documents

MÉTHODE 4 Réaliser une étude de document(s) 60
S'entraîner 23 Les espaces maritimes, des enjeux géoéconomiques 62
S'entraîner 24 Le Brésil, une maîtrise territoriale inachevée 64
S'entraîner 25 Le continent africain face au défi du développement 66
S'entraîner 26 Le Bassin caraïbe : un espace dominé par les États-Unis ? 68
S'entraîner 27 Les défis de population en Asie du Sud et de l'Est 70
S'entraîner 28 Le Sahara : ressources, conflits 72

CARTOBAC INTERACTIF

Animations méthode
- Analyser une carte.
- Organiser la réponse.
- Analyser un texte.
- Analyser une photographie.
- Analyser un dessin.
- Analyser des statistiques.
- Analyser une publicité.

Aides
- La réponse au sujet (S'entraîner 23 à 28).

Corrigés des croquis 74
Croquis 1 74
Croquis 2 75
Croquis 3 ES-L 76
Croquis 4 77
Croquis 5 78
Croquis 6 79
Croquis 7 ES-L 80

Le langage cartographique 81

CARTOBAC INTERACTIF

- Choisir des figurés adaptés.

© Magnard

Les croquis du Bac

Méthode

MÉTHODE pour réaliser un croquis 6

PARTIE 1

Entraînements

1 Pôles et flux de la mondialisation 8

2 Une inégale intégration des territoires dans la mondialisation 12

3 Les espaces maritimes : approche géostratégique Séries ES-L 16

4 Les dynamiques territoriales des États-Unis 20

5 Les dynamiques territoriales du Brésil 24

6 Le continent africain : contrastes de développement et inégale intégration dans la mondialisation 28

7 Mumbai : inégalités et dynamiques territoriales Séries ES-L 32

Méthode 1

POUR RÉALISER UN croquis

Qu'est-ce qu'un croquis ?

- Un croquis de géographie est **la réponse cartographique** à une question de géographie.
- Réalisé **sur un fond de carte**, il est issu de la **sélection puis du classement d'informations** éclairant le sujet.

Quand réaliser un croquis ?

- **Le croquis est l'un des exercices de la seconde partie de l'épreuve du baccalauréat.**
- Il peut être réalisé à **l'échelle de l'espace mondial**, d'**un État** (États-Unis, Brésil), d'**un continent** (Afrique), d'**un espace urbain** (Mumbai).

4 ÉTAPES

EXEMPLE

ÉTAPE 1 Choisir les informations

Réalisez un croquis pour répondre au sujet : « Les dynamiques territoriales des États-Unis »

✘ Analyser le sujet

Lisez attentivement le sujet pour :

- **préciser les limites** de l'espace à étudier ;
- **identifier le thème** du programme ;
- **relever les mots** importants ;
- **cerner la question majeure** posée par le sujet.

• *Analyse du sujet*

Sujet : **Les dynamiques territoriales des États-Unis**

Que faut-il comprendre par dynamiques ?

Existe-t-il des régions attractives, des régions en difficulté aux États-Unis ?

Quels facteurs peuvent expliquer des dynamiques régionales différentes ?

✘ Sélectionner les informations à représenter

Énumérez les **connaissances principales qu'il faut cartographier** pour **répondre au sujet**.

• *Sélection d'informations*

Utilisez un tableau.

Flux migratoires
Anciennes régions industrielles en crise
Interfaces actives
Mégalopole
Régions attractives

Ne multipliez pas le nombre d'informations et donc de figurés, cela peut nuire à la lisibilité du croquis

ÉTAPE 2 Organiser la légende

✘ Classer les informations

Regroupez les informations en deux ou trois grandes rubriques qui structureront la légende du croquis.

✘ Rédiger la légende

– Donnez **un titre à chaque rubrique.**

– **Précisez les informations qui correspondent à chacun des figurés.**

• *Légende organisée en rubriques*

1 Une organisation tripartite du territoire
2 Des dynamiques territoriales contrastées
3 Les villes, moteurs du dynamisme

Le titre de la rubrique constitue un sous-titre de la légende et un élément de réponse au sujet.

© Magnard

ÉTAPE 3 Choisir les figurés

Choisissez des figurés adaptés pour **représenter les informations** de la légende.
Utilisez le langage cartographique page 81.

Pour vous aider

lienmini.fr/geocarto-tle-001
Choisir des figurés adaptés.
CARTOBAC INTERACTIF

ÉTAPE 4 Réaliser le croquis

✗ Dessiner le croquis

– Mettez en forme **la légende** du croquis.
– Reportez, sur le fond de croquis, **les figurés** traduisant **les informations de la légende**.
– **Utilisez** :
  - **des crayons de couleur** pour les **plages colorées** ;
  - **des feutres** pour les **figurés ponctuels, les traits et les flèches**.
– Indiquez la **nomenclature** : l'écriture des noms doit être **horizontale** (sauf pour les fleuves) et la **taille identique pour un même type d'information**.
– Donnez un **titre** au croquis.

✗ Vérifier la réalisation du croquis

Un bon croquis répond à 6 critères :

1 – Un titre correspondant au sujet
2 – Une légende organisée
3 – Des figurés et des couleurs adaptés
4 – Une localisation juste des informations
5 – Une nomenclature adaptée et complète
6 – Une réalisation soignée, un croquis lisible

Pour vous aider

lienmini.fr/geocarto-tle-002
Respecter les critères d'un bon croquis.
CARTOBAC INTERACTIF

• *Les informations retenues*

	Figuré ponctuel pour représenter une métropole
	Plage colorée jaune, couleur adaptée pour représenter la périphérie attractive de la Sun Belt
	Flèche pour représenter un flux migratoire
	Hachures en orange pour souligner un espace attractif au sein de la Sun Belt

• *Extrait d'un bon croquis (croquis page 77)*

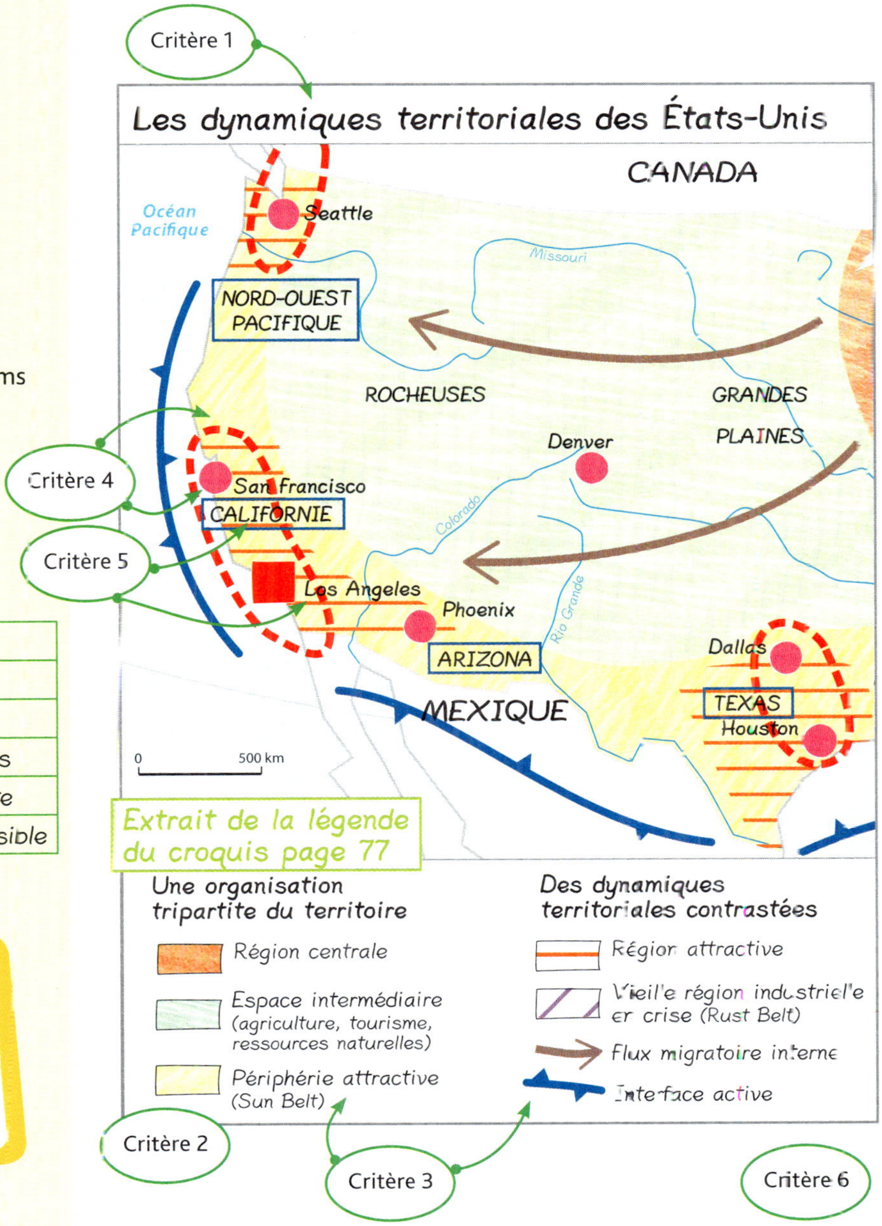

© Magnard

S'entraîner
Croquis
1

SUJET BAC

Réaliser un croquis
Pôles et flux de la mondialisation

Reportez-vous à la méthode 1 page 6

1 Choisissez les informations

Analysez le sujet

✗ Précisez la définition de « pôle ».

....

✗ Un État, un ensemble régional, une métropole… peuvent-ils être considérés comme des pôles ?

....

✗ Quels flux sont les plus représentatifs de la mondialisation ?

....

Sélectionnez les informations à représenter

✗ Dans le tableau ci-dessous, barrez les informations qui vous semblent inutiles au traitement du sujet.

- Flux migratoires - Pôles des puissances traditionnelles des Nords - Flux financiers - Grands aéroports - Pôles des puissances émergentes des Suds - Grande voie ferrée	- Métropoles mondiales - Pôles émetteurs de flux migratoires - Flux de marchandises et / ou de produits bruts (énergie, produits agricoles) - Port mondial	- Réseaux de télécommunication - États des Nords - Grande région agricole - Détroit stratégique - États des Suds - PMA

2 Organisez la légende

Classez les informations

✗ Surlignez les informations du tableau ci-dessus qui correspondent aux trois rubriques proposées ci-dessous. Reportez-les ensuite dans ce tableau.

Les principaux pôles de la mondialisation	Les principaux flux de la mondialisation	Les contrastes de développement

Rédigez la légende du croquis

✗ Pourquoi les sous-titres du tableau ci-dessus forment-ils une réponse à la problématique du sujet ?

....

....

....

© Magnard

3 Choisissez des figurés

Choisissez des figurés adaptés

Utilisez le langage cartographique page 81

lienmini.fr/geocarto-tle-001
Choisir des figurés adaptés.
CARTOBAC INTERACTIF

✗ Complétez le tableau en attribuant à chacune des informations de la liste ci-dessous les figurés du langage cartographique qui conviennent. Utilisez les numéros de la liste et les figurés déjà cartographiés sur le croquis page 11.

1. Flux migratoires
2. Puissances traditionnelles des Nords
3. Flux financiers
4. Puissances émergentes des Suds
5. État des Nords
6. Métropole mondiale
7. Pôle émetteur de flux migratoires
8. Flux de marchandises et / ou de produits bruts
9. État des Suds

Figurés	Numéros	Figurés	Numéros	Figurés	Numéros
 + importantes –					
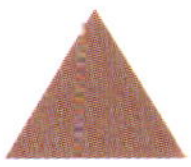					
		 + importantes –			6

4 Réalisez le croquis

Dessinez le croquis

✗ Dans la légende page 10, reportez les trois sous-titres proposés page 8 et les figurés du tableau ci-dessus.

✗ Complétez le croquis page 11 en vous aidant des pointillés et des figurés déjà cartographiés sur le fond de croquis.

✗ Reportez, sur le croquis page 11, la nomenclature indiquée à la page 10.

✗ Donnez un titre au croquis.

Vérifiez la réalisation du croquis

lienmini.fr/geocarto-tle-002
Respecter les critères d'un bon croquis.
CARTOBAC INTERACTIF

✗ Votre croquis pages 10 et 11 doit répondre aux 6 critères d'un bon croquis.

Les 6 critères d'un bon croquis	OUI	NON
1. Un titre correspondant au sujet		
2. Une légende organisée		
3. Des figurés et des couleurs adaptés		
4. Une localisation juste des informations		
5. Une nomenclature adaptée et complète		
6. Une réalisation soignée, un croquis lisible		

© Magnard

SUJET BAC

Pour réaliser le croquis

Pôles et flux de la mondialisation

Reportez-vous à la méthode 1 page 6

Légende à compléter

1	2	3 ....
Puissances traditionnelles des Nords + importantes - Puissances émergentes des Suds + importantes - Pôle émetteur de flux migratoires Métropole mondiale	Flux de marchandises et / ou de produits bruts Flux financiers Flux migratoires	Etats des Nords Etats des Suds

Nomenclature à placer sur le croquis

- AMÉRIQUE DU NORD / EUROPE DE L'OUEST / RUSSIE / JAPON / CORÉE DU SUD / TAÏWAN / SINGAPOUR
- MEXIQUE / CHINE / BRÉSIL / AFRIQUE DU SUD / INDE / INDONÉSIE / AUSTRALIE / AMÉRIQUE LATINE / AFRIQUE SUBSAHARIENNE / ASIE DU SUD-EST
- Los Angeles / New York / Mumbai / Johannesburg / Tokyo / Séoul / Shanghai / Londres / Paris / Chicago / Beijing / Hong Kong
- Océan Atlantique / Océan Pacifique / Océan Indien / Mer Méditerranée

lienmini.fr/geocarto-tle-003
Comprendre la construction du croquis.
CARTOBAC INTERACTIF

© Magnard

© Magnard

Complétez la proposition de croquis ci-dessous

Croquis réalisé page 74

Titre : ....

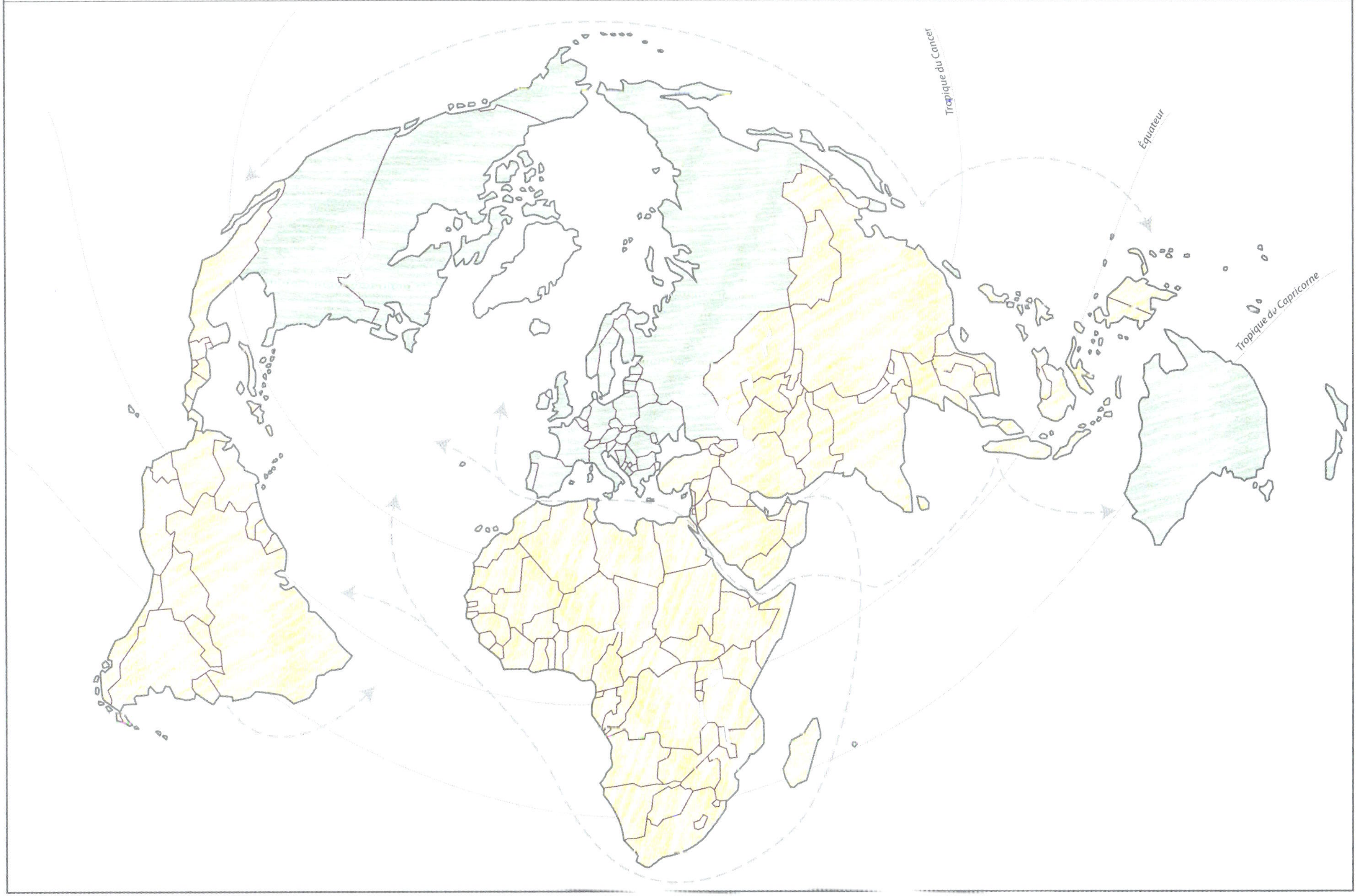

S'entraîner
Croquis 2

SUJET BAC

Réaliser un croquis

Une inégale intégration des territoires dans la mondialisation

Reportez-vous à la méthode 1 page 6

1 Choisissez les informations

Analysez le sujet

- Quels sont les mots importants du sujet ?

....

- Que faut-il comprendre par « inégale intégration des territoires » ?

....

....

- À quel thème du programme le sujet se rapporte-t-il ?

....

Sélectionnez les informations à représenter

- Dans le tableau ci-dessous, barrez les informations qui vous semblent inutiles au traitement du sujet.

- *Pays industriels des Nords*	- *Pays émergents des Suds*
- *Flux de marchandises*	- *Pays en développement (PED)*
- *Ports mondiaux*	- *Façades maritimes*
- *Pays les moins avancés (PMA)*	- *Métropoles mondiales*
- *Conflits armés récents*	- *Limite Nords / Suds*
- *Pays ateliers et / ou exportateurs de produits agricoles*	- *Capitales des États*

2 Organisez la légende

Classez les informations

- Classez les informations retenues du précédent tableau dans les colonnes qui conviennent.

Territoires intégrés à la mondialisation	*Territoires en marge de la mondialisation*

Rédigez la légende du croquis

- Pourquoi les sous-titres du tableau ci-dessus forment-ils une réponse à la problématique du sujet ?

....

....

....

© Magnard

3 Choisissez des figurés

Choisissez des figurés adaptés

✗ Dans le tableau ci-dessous, entourez les figurés qui conviennent pour représenter les informations. Ensuite, reportez les figurés retenus dans le tableau des figurés page 14.

Informations	Figurés
Pays industriels des Nords	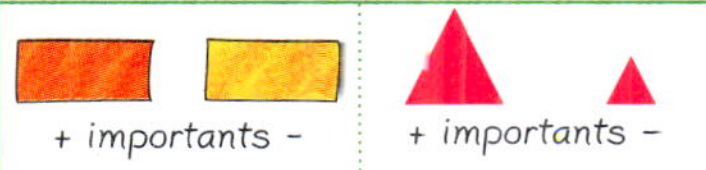 + importants – / + importants –
Façade maritime, territoire des échanges de marchandises	
Les nouveaux acteurs de la mondialisation	
Pays les moins avancés (PMA) en marge de la mondialisation	
Pays ateliers et / ou exportateurs de produits agricoles ou énergétiques	
Pays en développement (PED) plus ou moins en marge de la mondialisation	
Métropole mondiale, centre d'impulsion de la mondialisation	
Limite Nords / Suds	

Utilisez le langage cartographique page 81

lienmini.fr/geocarto-tle-001
Choisir des figurés adaptés.
CARTOBAC INTERACTIF

4 Réalisez le croquis

Dessinez le croquis

✗ Dans la légende page 14, reportez les deux sous-titres proposés page 12 et les figurés retenus.

✗ Complétez le croquis page 15 en vous aidant des figurés déjà cartographiés sur le fond de croquis.

✗ Reportez, sur le croquis page 15, la nomenclature indiquée à la page 14.

✗ Donnez un titre au croquis.

Vérifiez la réalisation du croquis

✗ Votre croquis pages 14 et 15 doit répondre aux 6 critères d'un bon croquis.

Les 6 critères d'un bon croquis	OUI	NON
1. Un titre correspondant au sujet		
2. Une légende organisée		
3. Des figurés et des couleurs adaptés		
4. Une localisation juste des informations		
5. Une nomenclature adaptée et complète		
6. Une réalisation soignée, un croquis lisible		

lienmini.fr/geocarto-tle-002
Respecter les critères d'un bon croquis.
CARTOBAC INTERACTIF

© Magnard

SUJET BAC

Pour réaliser le croquis

Une inégale intégration des territoires dans la mondialisation

Reportez-vous à la méthode 1 page 6

Tableau des figurés à compléter

Informations	Figurés
Pays industriels des Nords	
Façade maritime, territoire des échanges de marchandises	
Les nouveaux acteurs de la mondialisation	
Pays les moins avancés (PMA) en marge de la mondialisation	
Pays ateliers et / ou exportateurs de produits agricoles ou énergétiques	
Pays en développement (PED) plus ou moins en marge de la mondialisation	
Métropole mondiale, centre d'impulsion de la mondialisation	
Limite Nords / Suds	

Nomenclature à placer sur le croquis

- AMÉRIQUE DU NORD / EUROPE DE L'OUEST / ASIE DU SUD-EST / AFRIQUE SUBSAHARIENNE / MOYEN-ORIENT
- JAPON / CHINE / CORÉE DU SUD / TAÏWAN / AUSTRALIE / AFRIQUE DU SUD / BRÉSIL / INDE / RUSSIE
- New York / Londres / Paris / Tokyo / Shanghai / Los Angeles / Mumbai / Séoul / Johannesburg / São Paulo / Singapour
- Océan Atlantique / Océan Indien / Océan Pacifique

lienmini.fr/geocarto-tle-004
Comprendre la construction du croquis.
CARTOBAC INTERACTIF

Légende à compléter

1 :

2 :

© Magnard

© Magnard

Complétez la proposition de croquis ci-dessous

Croquis réalisé page 75

Titre : ……………………………………………

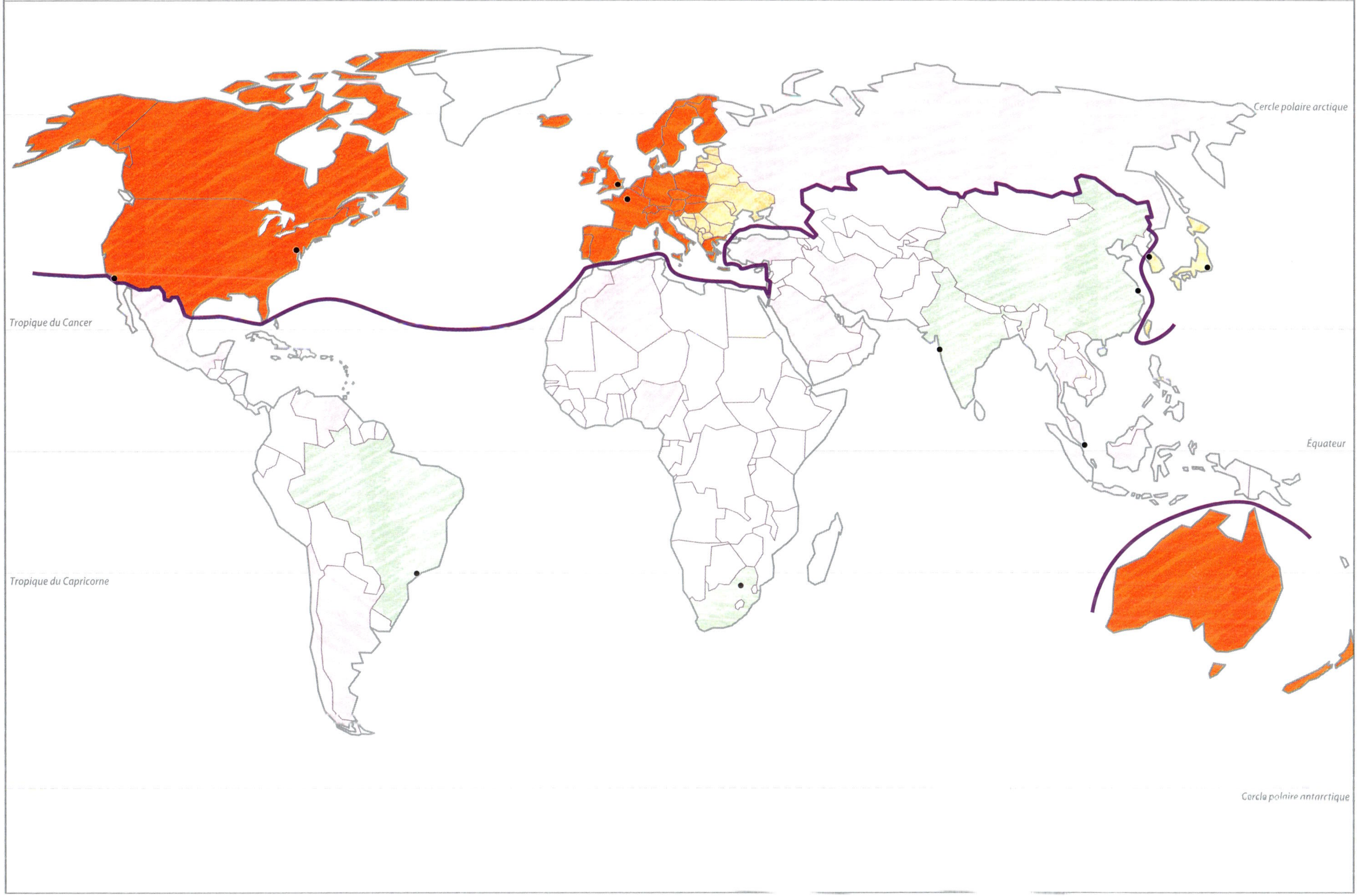

S'entraîner
Croquis 3

SUJET BAC

Séries ES-L

Réaliser un croquis
Les espaces maritimes : approche géostratégique

Reportez-vous à la méthode 1 page 6

1 Choisissez les informations

Analysez le sujet

✗ Précisez la définition d'« approche géostratégique ».

....

✗ Quel rôle jouent les espaces maritimes dans l'économie mondiale ?

....

....

✗ Quels lieux ont une importance stratégique ?

....

Sélectionnez les informations à représenter

✗ Dans le tableau ci-dessous, barrez les informations qui vous semblent inutiles au traitement du sujet.

- Route maritime - Aéroport - Flux financiers - Zone de pêche - Ville mondiale - Gisement d'hydrocarbures offshore - Limite Nords / Suds	- Port mondial - CBD - Flux migratoires - Passage stratégique - Front pionnier - IDE - Région transfrontalière - Zone industrielle	- Pays en développement - IDH - Façade maritime - Grande région agricole - Zone de piraterie - PMA - Puissance maritime militaire

2 Organisez la légende

Classez les informations

✗ Surlignez les informations du tableau ci-dessus qui correspondent aux trois rubriques proposées ci-dessous. Reportez-les ensuite dans ce tableau.

Des espaces intégrés dans la mondialisation	Des ressources, enjeux économiques majeurs	Des espaces à contrôler et à sécuriser

Rédigez la légende du croquis

✗ Pourquoi les sous-titres du tableau ci-dessus forment-ils une réponse à la problématique du sujet ?

....

....

....

© Magnard

3 Choisissez des figurés

Choisissez des figurés adaptés

Utilisez le langage cartographique page 81

lienmini.fr/geocarto-tle-001

Choisir des figurés adaptés.

CARTOBAC INTERACTIF

✗ Complétez le tableau en attribuant à chacune des informations de la liste ci-dessous les figurés du langage cartographique qui conviennent. Utilisez les numéros de la liste et les figurés déjà cartographiés sur le croquis page 19.

1. *Zone de pêche*
2. *Route de l'Arctique*
3. *Zone de piraterie maritime*
4. *Passage stratégique*
5. *Les trois premiers ports de conteneurs (2015)*
6. *Façade maritime*
7. *Puissance militaire maritime*
8. *Grande route maritime*
9. *Gisement d'hydrocarbures offshore*

Figurés	Numéros	Figurés	Numéros	Figurés	Numéros

				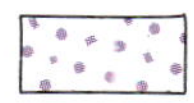	
		 *+ importante –*			5

4 Réalisez le croquis

Dessinez le croquis

✗ Dans la légende page 18, reportez les trois sous-titres proposés page 16 et les figurés du tableau ci-dessus.

✗ Complétez le croquis page 19 en vous aidant des pointillés et des figurés déjà cartographiés sur le fond de croquis.

✗ Reportez, sur le croquis page 19, la nomenclature indiquée à la page 18.

✗ Donnez un titre au croquis.

Vérifiez la réalisation du croquis

lienmini.fr/geocarto-tle-002

Respecter les critères d'un bon croquis.

CARTOBAC INTERACTIF

✗ Votre croquis pages 18 et 19 doit répondre aux 6 critères d'un bon croquis.

Les 6 critères d'un bon croquis	OUI	NON
1. Un titre correspondant au sujet		
2. Une légende organisée		
3. Des figurés et des couleurs adaptés		
4. Une localisation juste des informations		
5. Une nomenclature adaptée et complète		
6. Une réalisation soignée, un croquis lisible		

© Magnard

SUJET BAC

Pour réaliser le croquis

Les espaces maritimes : approche géostratégique

Reportez-vous à la méthode 1 page 6

Légende à compléter

1	2	3 ....
Grande route maritime Façade maritime Les trois premiers ports de conteneurs (2015)	Zone de pêche Gisement d'hydrocarbures offshore	Passage stratégique Route de l'Arctique Zone de piraterie maritime Puissance militaire maritime + importante –

Nomenclature à placer sur le croquis

- CHINE / ÉTATS-UNIS / FRANCE / INDE / JAPON / ROYAUME-UNI / RUSSIE
- Béring / Bosphore / Cap de Bonne-Espérance / Gibraltar / Malacca / Mozambique / Ormuz / Panama / Suez
- Shanghai / Shenzhen / Singapour
- Océan Atlantique / Océan Pacifique / Océan Indien / Mer Méditerranée / Mer des Caraïbes / Golfe de Guinée

lienmini.fr/geocarto-tle-005
Comprendre la construction du croquis.
CARTOBAC INTERACTIF

© Magnard

© Magnard

Complétez la proposition de croquis ci-dessous

Croquis réalisé page 76

Titre : ....

S'entraîner Croquis 4

SUJET BAC

Réaliser un croquis

Les dynamiques territoriales des États-Unis

Reportez-vous à la méthode 1 page 6

1 Choisissez les informations

Analysez le sujet

✗ Quel est le mot-clé du sujet ? ....

✗ Peut-on le remplacer par « évolutions » ou « changements » observés dans l'organisation du territoire ?

....

✗ Quelles parties du territoire des États-Unis peuvent être considérées comme attractives ? en crise ?

....

....

✗ Où est localisé le « cœur décisionnel » du pays ?

....

Sélectionnez les informations à représenter

✗ Dans le tableau ci-dessous, barrez les informations qui vous semblent inutiles au traitement du sujet.

- *Métropole* - *Flux migratoire interne* - *Voie ferrée* - *Base militaire à l'étranger* - *Périphérie attractive* - *Centre d'impulsion mondial* - *Région attractive* - *Fleuves et rivières*	- *Aéroport* - *Vieille région industrielle en crise* - *Interface active* - *Mégarégion urbaine en formation* - *Capitales des États* - *Région centrale* - *Espace intermédiaire (agriculture, tourisme, ressources naturelles* - *Mégalopole*

2 Organisez la légende

Classez les informations

✗ Surlignez les informations du tableau ci-dessus qui correspondent aux trois rubriques proposées ci-dessous. Reportez-les ensuite dans ce tableau.

Une organisation tripartite du territoire	*Des dynamiques territoriales contrastées*	*Les villes, moteur du dynamisme*

Rédigez la légende du croquis

✗ Pourquoi les sous-titres du tableau ci-dessus forment-ils une réponse à la problématique du sujet ?

....

....

....

© Magnard

3 Choisissez des figurés

Choisissez des figurés adaptés

Utilisez le langage cartographique page 81

lienmini.fr/geocarto-tle-001
Choisir des figurés adaptés.
CARTOBAC INTERACTIF

Complétez le tableau ci-dessous en indiquant par une croix les figurés du langage cartographique qui conviennent pour représenter les informations.

Informations	Figurés			
	Plages colorées	Ponctuels	Traits	Flèches
Région centrale				
Espace intermédiaire (agriculture, tourisme, ressources naturelles)				
Périphérie attractive (Sun Belt)				
Vieille région industrielle en crise (Rust Belt)	hachures			
Région attractive				
Flux migratoire interne				
Interface active			X	
Mégalopole				
Centre d'impulsion mondial				
Mégarégion urbaine en formation			X	
Métropole		X		

4 Réalisez le croquis

Dessinez le croquis

- Dans la légende page 22, reportez les trois sous-titres proposés page 20 puis complétez les figurés et/ou les informations.
- Complétez le croquis page 23 en vous aidant des pointillés et des figurés déjà cartographiés sur le fond de croquis.
- Reportez, sur le croquis page 23, la nomenclature indiquée à la page 22.
- Donnez un titre au croquis.

Vérifiez la réalisation du croquis

lienmini.fr/geocarto-tle-002
Respecter les critères d'un bon croquis.
CARTOBAC INTERACTIF

Votre croquis pages 22 et 23 doit répondre aux 6 critères d'un bon croquis.

Les 6 critères d'un bon croquis	OUI	NON
1. Un titre correspondant au sujet		
2. Une légende organisée		
3. Des figurés et des couleurs adaptés		
4. Une localisation juste des informations		
5. Une nomenclature adaptée et complète		
6. Une réalisation soignée, un croquis lisible		

© Magnard

SUJET BAC

Pour réaliser le croquis

Les dynamiques territoriales des États-Unis

Reportez-vous à la méthode 1 page 6

Légende à compléter

1 ....

[orange box] ....

[green box] Espace intermédiaire (agriculture, tourisme, ressource naturelles)

[yellow box] ....

2 ....

[orange line] ....

[hatched box] Vieille région industrielle en crise (Rust Belt)

[arrow] ....

.... Interface active

3 ....

.... Mégalopole

[red square] ....

[dashed red ellipse] Mégarégion urbaine en formation

[pink dot] ....

Nomenclature à placer sur le croquis

- MEXIQUE / CANADA
- TEXAS / CALIFORNIE / GRANDS LACS / FLORIDE / NORD-OUEST / PACIFIQUE / ARIZONA / MEGALOPOLIS
- HAWAÏ / ALASKA / GRANDES PLAINES / ROCHEUSES
- New York / Washington / Chicago / Miami / Dallas / Seattle / Los Angeles / Philadelphie / San Francisco
- Océan Pacifique / Océan Atlantique / Golfe du Mexique
- Mississippi / Missouri / Rio Grande / Colorado

lienmini.fr/geocarto-tle-006
Comprendre la construction du croquis.
CARTOBAC INTERACTIF

© Magnard

© Magnard

Complétez la proposition de croquis ci-dessous

Croquis réalisé page 77

Titre : ....

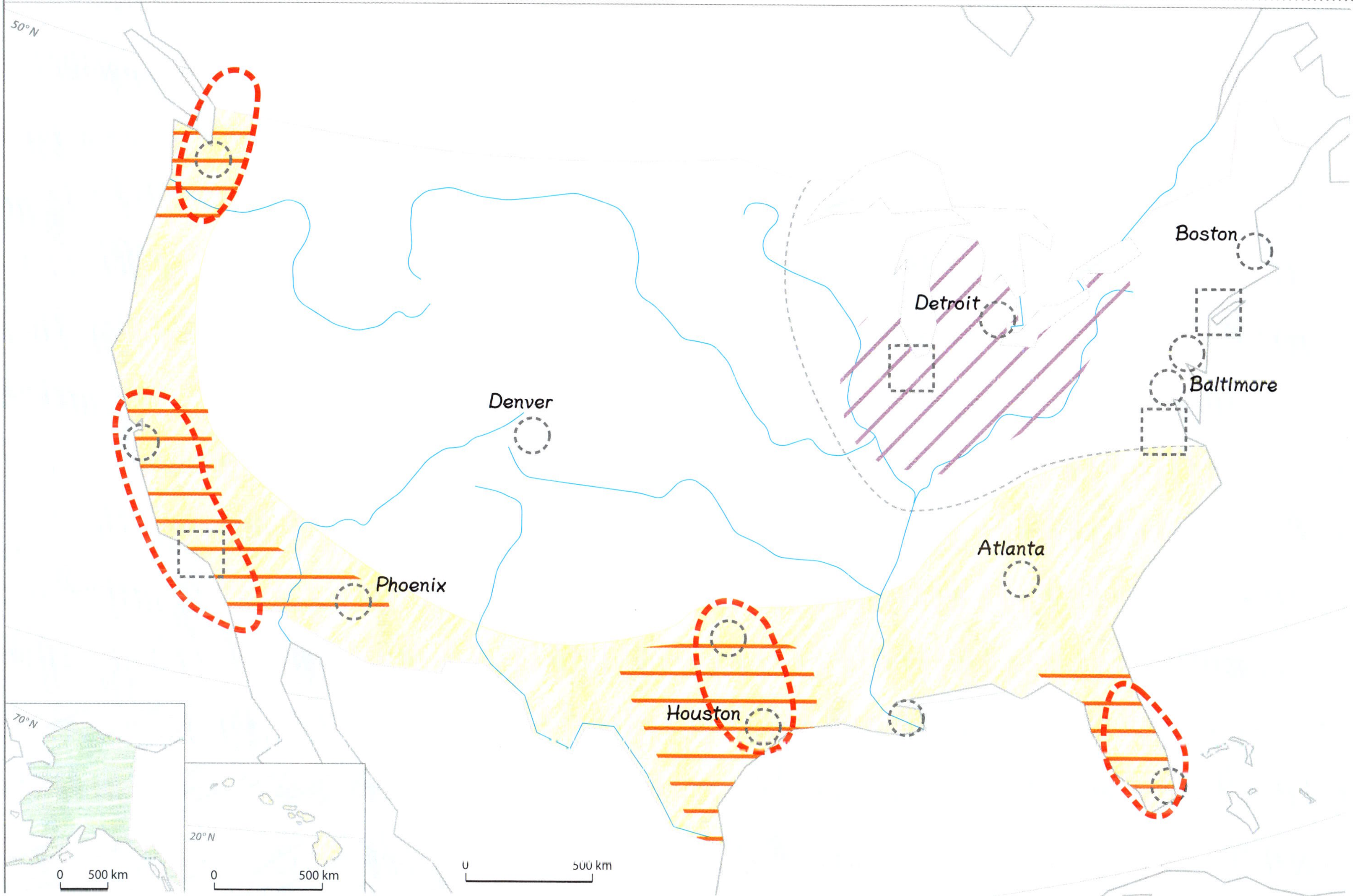

S'entraîner
Croquis 5

SUJET BAC

Réaliser un croquis
Les dynamiques territoriales du Brésil

Reportez-vous à la méthode 1 page 6

1 Choisissez les informations

Analysez le sujet

✗ Quels sont les mots importants du sujet ?

. . . .

✗ *« Évolutions, transformations du territoire du Brésil »* est-elle une définition suffisante du sujet ?

. . . .

. . . .

✗ Dans quelle région le cœur économique du Brésil est-il localisé ?

. . . .

et les très grandes métropoles du Brésil ? . . . .

Sélectionnez les informations à représenter

✗ Dans le tableau ci-dessous, barrez les informations qui vous semblent inutiles au traitement du sujet.

- *Métropole mondiale* - *Équateur* - *Rio de Janeiro* - *Région peu arrosée* - *São Paulo* - *Région pionnière (ressources naturelles, élevage...)* - *Émigration vers les régions riches*	- *Capitale du Brésil* - *Région centrale* - *Région agricole en essor (cultures, élevage)* - *Front pionnier* - *Région interface avec l'espace mondial* - *Émigration vers les États-Unis*

2 Organisez la légende

Classez les informations

✗ Classez les informations retenues du précédent tableau dans le tableau des quatre grandes régions du Brésil ci-dessous.

Sudeste et Sud	*Nordeste*	*Centre-Ouest*	*Amazonie*

✗ Surlignez dans le tableau ci-dessus : en jaune les informations qui correspondent au cœur du Brésil, en vert à la région la plus défavorisée, en bleu aux dynamiques territoriales qui transforment le Brésil.

Rédigez la légende du croquis

✗ Observez les sous-titres des rubriques du croquis page 26. Pourquoi forment-ils une réponse à la problématique du sujet ?

. . . .

. . . .

. . . .

© Magnard

3 Choisissez des figurés

Choisissez des figurés adaptés

Utilisez le langage cartographique page 81

lienmini.fr/geocarto-tle-001
Choisir des figurés adaptés.
CARTOBAC INTERACTIF

✗ Dans le tableau ci-dessous, entourez les figurés qui conviennent pour représenter les informations. Ensuite, reportez les figurés retenus dans le tableau des figurés page 26.

Informations	Figurés
Région centrale	
Métropole mondiale	
Grande métropole	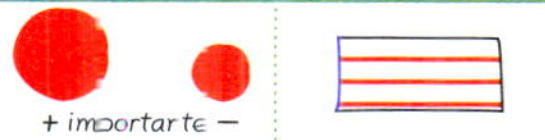 + importante –
Région pauvre	
Région pionnière (ressources naturelles, élevage...)	
Front pionnier	
Région agricole en essor (cultures, élevage)	
Capitale du Brésil	
Flux migratoire	
Interface avec l'espace mondial	

4 Réalisez le croquis

Dessinez le croquis

✗ Dans la légende page 26, reportez les figurés retenus et les informations correspondantes.

✗ Complétez le croquis page 27 en vous aidant des pointillés et des figurés déjà cartographiés sur le fond de croquis.

✗ Reportez, sur le croquis page 27, la nomenclature indiquée à la page 26.

✗ Donnez un titre au croquis.

Vérifiez la réalisation du croquis

lienmini.fr/geocarto-tle-002
Respecter les critères d'un bon croquis.
CARTOBAC INTERACTIF

✗ Votre croquis pages 26 et 27 doit répondre aux 6 critères d'un bon croquis.

Les 6 critères d'un bon croquis	OUI	NON
1. Un titre correspondant au sujet		
2. Une légende organisée		
3. Des figurés et des couleurs adaptés		
4. Une localisation juste des informations		
5. Une nomenclature adaptée et complète		
6. Une réalisation soignée, un croquis lisible		

© Magnard

S'entraîner 5 Croquis

SUJET BAC

Pour réaliser le croquis

Les dynamiques territoriales du Brésil

Reportez-vous à la méthode 1 page 6

Tableau des figurés à compléter

Informations	Figurés
Région centrale	
Métropole mondiale	
Grande métropole	
Région pauvre	
Région pionnière (ressources naturelles, élevage…)	
Front pionnier	
Région agricole en essor (cultures, élevage…)	
Capitale du Brésil	
Flux migratoire	
Interface avec l'espace mondial	

Nomenclature à placer sur le croquis

- AMAZONIE / NORDESTE / CENTRE-OUEST / SUDESTE / SUD
- BRASILIA
- São Paulo
- Belo Horizonte / Rio de Janeiro / Curitiba / Porto Alegre / Salvador / Recife / Fortaleza / Belem / Manaus
- Océan Atlantique / Océan Pacifique
- Amazone / Parana

lienmini.fr/geocarto-tle-007

Comprendre la construction du croquis.

CARTOBAC INTERACTIF

1. Les contrastes du territoire du Brésil

Le cœur du Brésil

Le Nordeste défavorisé

2. Les facteurs des dynamiques territoriales

Les territoires pionniers

Les dynamiques de la population

Front pionnier

Flux migratoire

L'ouverture sur le monde

© Magnard

Complétez la proposition de croquis ci-dessous

Croquis réalisé page 78

Titre : ....

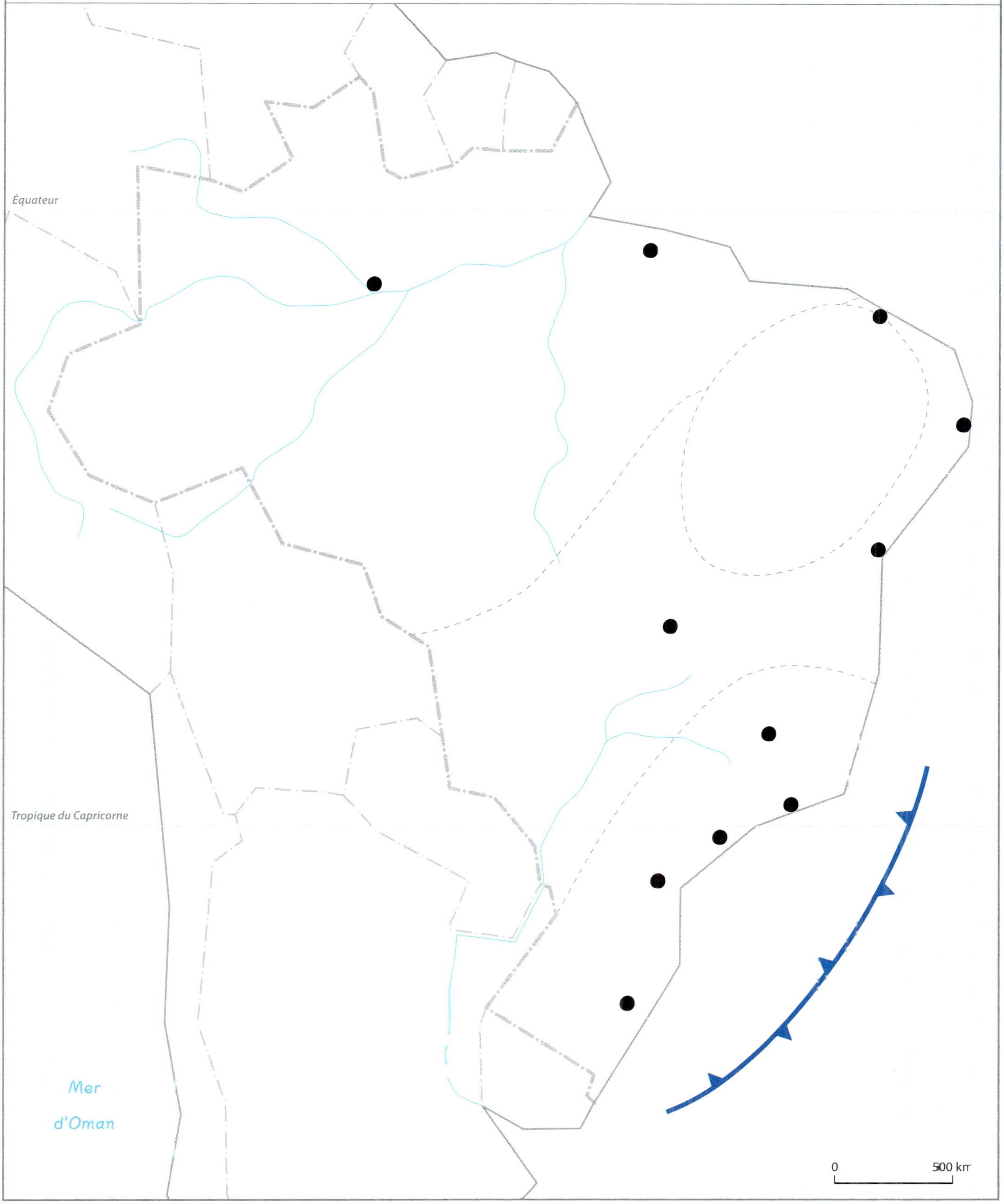

© Magnard

S'entraîner 6
Croquis

SUJET BAC

Réaliser un croquis

Le continent africain : contrastes de développement et inégale intégration dans la mondialisation

Reportez-vous à la méthode 1 page 6

1 Choisissez les informations

Analysez le sujet

✗ Que faut-il comprendre par « contrastes de développement » ?

. . . .

. . . .

✗ Quel indicateur rend compte de l'inégal développement ?

. . . .

✗ Comment l'intégration dans la mondialisation se manifeste-t-elle ?

. . . .

Sélectionnez les informations à représenter

✗ Dans le tableau ci-dessous, barrez les informations qui vous semblent inutiles au traitement du sujet.

- *Flux migratoire* - *Des Nords* - *Pôle de développement* - *Métropole mondiale* - *Pays récepteurs d'IDE* - *Grande voie ferrée*	- *Autres métropoles* - *Forêt dense* - *IDH élevé* - *Mouvement terroriste* - *ZEE* - *État faible* - *Piraterie maritime*	- *Réseaux de télécommunication* - *Zone d'insécurité* - *Interface maritime* - *Grande région agricole* - *PMA*

2 Organisez la légende

Classez les informations

✗ Surlignez les informations du tableau ci-dessus qui correspondent aux trois rubriques proposées ci-dessous. Reportez-les ensuite dans ce tableau.

Un développement inégal	*Une intégration très sélective*	*Des instabilités qui marginalisent*

Rédigez la légende du croquis

✗ Pourquoi les sous-titres des rubriques du tableau ci-dessus forment-ils une réponse à la problématique du sujet ?

. . . .

. . . .

. . . .

© Magnard

3 Choisissez des figurés

Choisissez des figurés adaptés

Utilisez le langage cartographique page 81.

lienmini.fr/geocarto-tle-001
Choisir des figurés adaptés.
CARTOBAC INTERACTIF

✗ Complétez le tableau en attribuant à chacune des informations de la liste ci-dessous les figurés du langage cartographique qui conviennent.
Utilisez les numéros de la liste et les figurés déjà cartographiés sur le croquis page 31.

1. *Flux migratoire*
2. *Pôle de développement*
3. *Métropole mondiale*
4. *Principaux pays récepteurs d'IDE*
5. *Métropole*
6. *Mouvement terroriste*
7. *État faible*
8. *Zone d'insécurité*
9. *Interface maritime*
10. *IDH élevé (> 0,7)*
11. *PMA*
12. *Piraterie maritime*

Figurés	Numéros	Figurés	Numéros	Figurés	Numéros
 + Importante –					

	6	SOMALIE			
MAROC				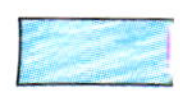	

4 Réalisez le croquis

Dessinez le croquis

✗ Dans la légende page 30, reportez les trois sous-titres proposés page 28 et les figurés du tableau ci-dessus.

✗ Complétez le croquis page 31 en vous aidant des figurés déjà cartographiés sur le fond de croquis.

✗ Reportez, sur le croquis page 31, la nomenclature indiquée à la page 30.

✗ Donnez un titre au croquis.

Vérifiez la réalisation du croquis

lienmini.fr/geocarto-tle-002
Respecter les critères d'un bon croquis.
CARTOBAC INTERACTIF

✗ Votre croquis pages 30 et 31 doit répondre aux 6 critères d'un bon croquis.

Les 6 critères d'un bon croquis	OUI	NON
1. Un titre correspondant au sujet		
2. Une légende organisée		
3. Des figurés et des couleurs adaptés		
4. Une localisation juste des informations		
5. Une nomenclature adaptée et complète		
6. Une réalisation soignée, un croquis lisible		

© Magnard

SUJET BAC

Pour réaliser le croquis

Le continent africain : contrastes de développement et inégale intégration dans la mondialisation

Reportez-vous à la méthode 1 page 6

Tableau des figurés à compléter

Informations	Figurés
PMA	
Pôle de développement	
IDH élevé (> 0,7)	
Métropole mondiale	
Métropole	
Interface maritime	
Principaux pays récepteurs d'IDE	
Zone d'insécurité	
Mouvement terroriste	
État faible	SOMALIE
Flux migratoire	
Piraterie maritime	

Légende à compléter

1 :

MAROC Pôle de développement

2 :

Métropole

\+ Importante –

3 :

Zone d'insécurité

Piraterie maritime

Nomenclature à placer sur le croquis

- ANGOLA / MAROC / ALGÉRIE / AFRIQUE DU SUD / ÉGYPTE / NIGERIA
- SOMALIE / LIBYE / MALI / RÉPUBLIQUE CENTRAFRICAINE
- Johannesburg / Pretoria
- Le Cap / Durban / Kinshasa / Lagos / Abidjan / Dakar / Addis Abeba / Nairobi / Dar es Salaam / Alger / Casablanca / Rabat / Le Caire
- AQMI / Boko Haram / Shebabs
- Océan Atlantique / Océan Indien / Mer Méditerranée

lienmini.fr/geocarto-tle-008
Comprendre la construction du croquis.
CARTOBAC INTERACTIF

© Magnard

Complétez la proposition de croquis ci-dessous

Croquis réalisé page 79

Titre : ....

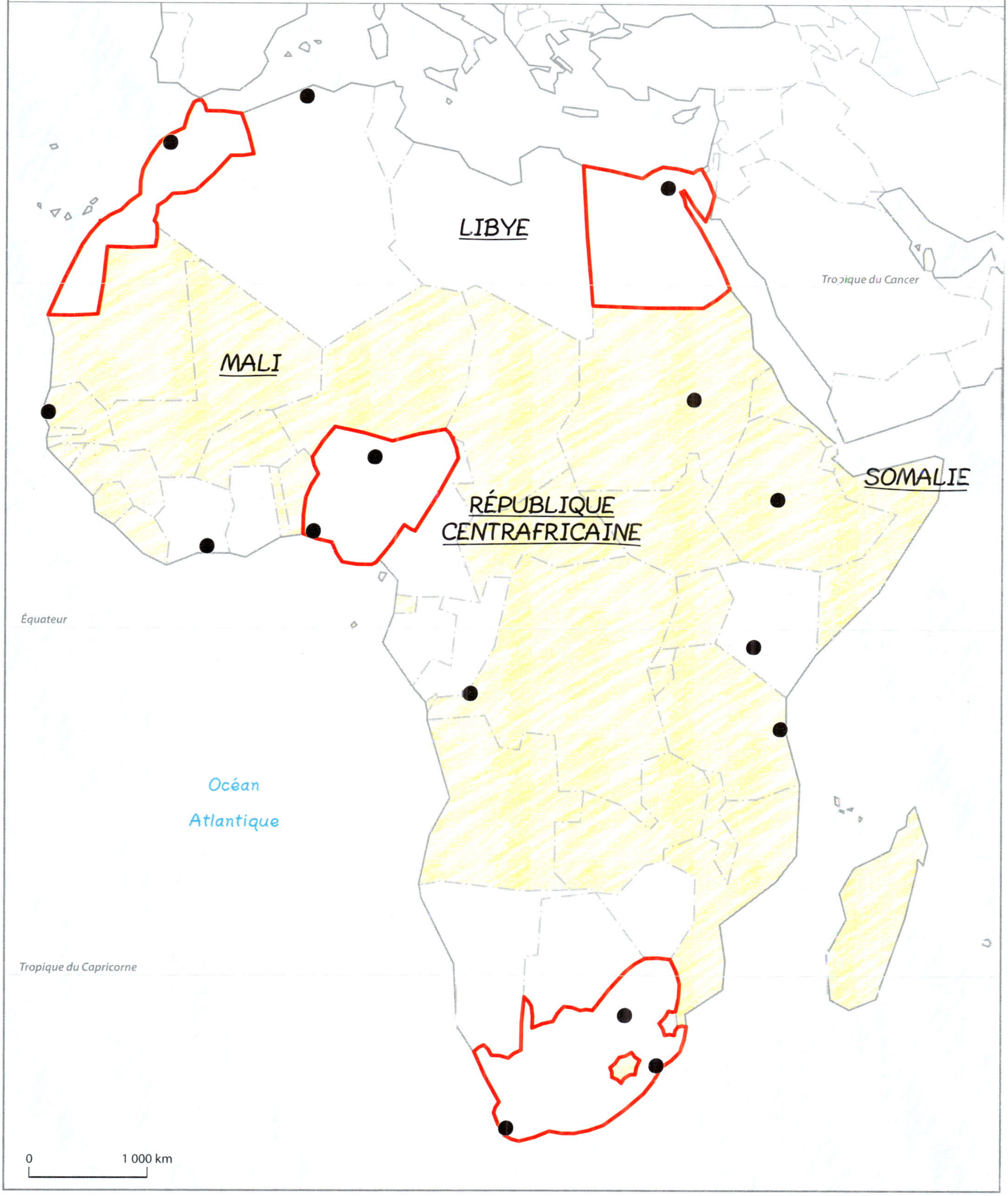

© Magnard

S'entraîner 7
Croquis

SUJET BAC

Séries ES-L

Réaliser un croquis
Mumbai : inégalités et dynamiques territoriales

Reportez-vous à la méthode 1 page 6

1 Choisissez les informations

Analysez le sujet

✗ Quelles réalités le mot « inégalités » recouvre-t-il dans une grande ville du Sud ?

....

....

✗ Que faut-il entendre par « dynamiques territoriales » ?

....

✗ Quelle image de Mumbai le croquis doit-il donner pour répondre au sujet ?

....

Sélectionnez les informations à représenter

✗ Dans le tableau ci-dessous, barrez les informations qui vous semblent inutiles au traitement du sujet.

- Les aéroports - La population de Mumbai - Les quartiers d'affaires - Les axes de communication - La zone portuaire	- La ville-centre - L'expansion de la métropole - Les zones d'habitat précaire - L'espace urbanisé	- La ville nouvelle de Mumbai - Les espaces forestiers - Les zones résidentielles de luxe

2 Organisez la légende

Classez les informations

✗ Surlignez les informations du tableau ci-dessus qui correspondent aux trois rubriques proposées ci-dessous. Reportez-les ensuite dans ce tableau.

Une forte croissance spatiale	De grands aménagements et équipements	De très fortes inégalités

Rédigez la légende du croquis

✗ Les titres des rubriques du tableau ci-dessus forment-ils une réponse à la problématique du sujet ? Pourquoi ?

....

....

....

© Magnard

3 Choisissez des figurés

Choisissez des figurés adaptés

Utilisez le langage cartographique page 81

lienmini.fr/geocarto-tle-001
Choisir des figurés adaptés.
CARTOBAC INTERACTIF

✗ Dans le tableau ci-dessous, barrez les figurés qui ne conviennent pas pour représenter les informations. Complétez ensuite le tableau page 34 avec les figurés retenus.

Informations	*Figurés*	
Ville-centre		
Ville périphérique dynamique (> 0,5 million d'habitants)		
Extension urbaine	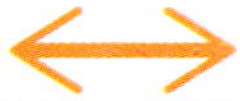	
Multiplication des quartiers d'affaires		
Zone portuaire		
Nouveau port		
Aéroport		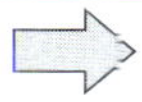
Aéroport en projet		
Ville nouvelle		
Habitat précaire diffus		
Grand slum		
Habitat résidentiel de luxe		
Espace urbanisé		
Habitat précaire diffus		

4 Réalisez le croquis

Dessinez le croquis

✗ Dans la légende page 34, reportez les trois sous-titres retenus, les figurés choisis et les informations correspondantes.

✗ Complétez le croquis page 35 en vous aidant des repères et des figurés déjà cartographiés sur le fond de croquis.

✗ Reportez, sur le croquis page 35, la nomenclature indiquée à la page 34.

✗ Donnez un titre au croquis.

Vérifiez la réalisation du croquis

lienmini.fr/geocarto-tle-002
Respecter les critères d'un bon croquis.
CARTOBAC INTERACTIF

✗ Votre croquis pages 34 et 35 doit répondre aux 6 critères d'un bon croquis.

Les 6 critères d'un bon croquis	OUI	NON
1. Un titre correspondant au sujet		
2. Une légende organisée		
3. Des figurés et des couleurs adaptés		
4. Une localisation juste des informations		
5. Une nomenclature adaptée et complète		
6. Une réalisation soignée, un croquis lisible		

© Magnard

SUJET BAC

Pour réaliser le croquis

Mumbai : inégalités et dynamiques territoriales

Reportez-vous à la méthode 1 page 6

Tableau des figurés à compléter

Informations	*Figurés*
Espace urbanisé	
Ville-centre	
Ville périphérique dynamique (> 0,5 million d'habitants)	
Extension urbaine	
Multiplication des quartiers d'affaires	
Zone portuaire	
Nouveau port	
Aéroport	
Aéroport en projet	
Ville nouvelle	
Axe de transport	→
Habitat précaire diffus	
Grand slum	
Habitat résidentiel de luxe	

Légende à compléter

1 :

Espace urbanisé

2 :

Zone portuaire

Axe de transport

3 :

Habitat précaire diffus

Nomenclature à placer sur le croquis

- *Mumbai*
- *Vasai-Virar / Bhiwandi-Nizampur / Mira-Bhayandar / Thane / Kalyan-Dombivali / Ulhasnagar / Navi-Mumbai*
- *Dharavi*
- *Nariman Point*
- *Mer d'Oman*

lienmini.fr/geocarto-tle-009

Comprendre la réalisation du croquis.

CARTOBAC INTERACTIF

© Magnard

Complétez la proposition de croquis ci-dessous

Croquis réalisé page 80

Titre : ....

Limite Nord de la Municipalité de Mumbai

Région métropolitaine de Mumbai

© Magnard

Les schémas du Bac

Méthodes

MÉTHODE pour réaliser un schéma fléché 38

MÉTHODE pour réaliser un schéma graphique 39

PARTIE 2

Entraînements

8 Pôles et flux de la mondialisation .... SCHÉMA GRAPHIQUE 40

9 Un produit mondialisé : l'automobile .... SCHÉMA FLÉCHÉ 41

10 L'inégale intégration des territoires à la mondialisation .... SCHÉMA GRAPHIQUE 42

11 Routes maritimes et passages stratégiques .... SCHÉMA GRAPHIQUE 43

12 Une façade maritime .... SCHÉMA GRAPHIQUE 44

13 L'Amérique : de fortes inégalités – une intégration incomplète .... SCHÉMAS GRAPHIQUES 45

14 L'Amérique, un continent entre tensions et intégrations .... SCHÉMA FLÉCHÉ 46

15 États-Unis – Brésil : rôle mondial .... SCHÉMA FLÉCHÉ 47

16 Les dynamiques territoriales des États-Unis .... SCHÉMAS GRAPHIQUES 48

17 Les dynamiques territoriales du Brésil .... SCHÉMAS GRAPHIQUES 50

18 Le Sahara : ressources, conflits .... SCHÉMA GRAPHIQUE 51

19 Le continent africain face au développement et à la mondialisation .... SCHÉMAS GRAPHIQUES 52

20 Mumbai : modernité, inégalités **Séries ES-L** .... SCHÉMAS GRAPHIQUES 54

21 Les défis de la population et de la croissance en Asie du Sud et de l'Est .... SCHÉMA FLÉCHÉ 56

22 Japon – Chine : deux puissances concurrentes en Asie – des ambitions mondiales .... SCHÉMAS FLÉCHÉS 57

Méthode 2

POUR RÉALISER UN schéma fléché

Qu'est-ce qu'un schéma fléché ?

- **Un schéma fléché** met en évidence **les relations** qui existent entre les différents éléments d'un phénomène géographique ou d'une notion.
- Il est constitué d'un ensemble **d'idées**, de notions et de mots clés, reliés par **des flèches**.

Quand utiliser un schéma fléché ?

- **Un schéma fléché** peut illustrer et appuyer l'argumentation d'une **composition**.
- On l'insère **dans un paragraphe** ou **dans la conclusion** par l'expression : « *comme le montre le schéma...* ».

2 ÉTAPES

ÉTAPE 1 Choisir les informations

✗ Sélectionnez **un petit nombre d'informations** utiles pour illustrer le thème que le schéma doit représenter.

ÉTAPE 2 Réaliser le schéma

✗ Placez les **idées majeures** ou les notions clés dans des cases.

✗ **Reliez les cases par des flèches** en fonction des **logiques du raisonnement** que vous voulez mettre en évidence :

- des **flèches simples** pour une **relation de cause à effet** et signifier « provoque », « entraîne » ;
- des **flèches doubles** pour montrer une relation réciproque, des échanges.

EXEMPLE

Un schéma pour enrichir la composition :
« La mondialisation : processus, acteurs, débats »

• Les informations retenues

- La mondialisation en fonctionnement : des acteurs, des flux, des territoires inégalement intégrés, des inégalités.
- La mondialisation en débat : des acteurs, des contestations.

• Le schéma réalisé

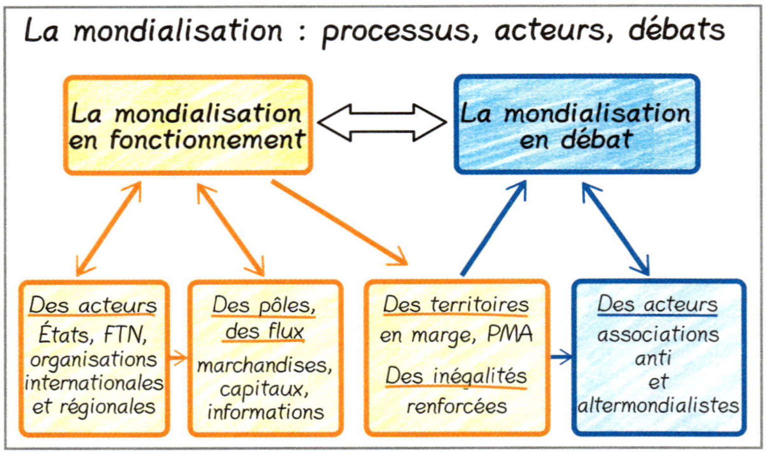

Pour vous aider

lienmini.fr/geocarto-tle-010
Comprendre la réalisation d'un schéma fléché.

lienmini.fr/geocarto-tle-011
Utiliser les informations d'un schéma fléché.

CARTOBAC INTERACTIF

Insérer le schéma dans la composition

▶ Par exemple, **dans la conclusion** en l'annonçant ainsi :

Comme le montre le schéma, la mondialisation est un processus majeur de l'organisation du monde mené par de puissants acteurs. Elle entraîne une explosion des flux de toutes natures sur la planète. Cependant, la mondialisation suscite des oppositions préoccupées, notamment par les inégalités de développement. Ces oppositions réclament la fin de la mondialisation ou cherchent à en infléchir le cours.

© Magnard

Méthode 3

POUR RÉALISER UN schéma graphique

Qu'est-ce qu'un schéma graphique ?

- **Un schéma graphique** est une représentation cartographique simplifiée.
- Réalisé sur un fond de carte aux **contours simplifiés**, il montre **les principales caractéristiques d'un territoire**.
- Un schéma comporte un **nombre limité d'informations**.

Quand utiliser un schéma graphique ?

- **Un schéma graphique** peut illustrer et appuyer l'argumentation d'une composition.
- On l'insère **dans un paragraphe** ou **dans la conclusion** par l'expression : « *comme le montre le schéma...* ».

2 ÉTAPES

ÉTAPE 1 Choisir les informations

- Sélectionnez **un petit nombre d'informations** utiles pour illustrer le thème que le schéma doit représenter.

ÉTAPE 2 Réaliser le schéma

- **Dessinez d'abord les contours du schéma** à l'aide de **formes géométriques simples** tout en conservant **l'allure générale** du territoire représenté.
- **Rédigez la légende** en créant deux ou trois rubriques annoncées par des sous-titres.
- Utilisez **des figurés et des couleurs adaptés** : voir le langage cartographique page 81.
- **Indiquez le titre** en haut du schéma.
- **Notez** quelques éléments simples de **nomenclature**.

Pour vous aider

lienmini.fr/geocarto-tle-012
Mémoriser le contour du schéma.

lienmini.fr/geocarto-tle-013
Utiliser les informations d'un schéma graphique.

CARTOBAC INTERACTIF

© Magnard

EXEMPLE

Un schéma pour enrichir la composition :
« À partir de l'étude d'un produit mondialisé, présentez les processus, les flux et les acteurs de la mondialisation »

- *Les informations retenues*

Pays producteurs et exportateurs de vêtements ; pays importateurs ; flux d'échanges.

- *Le schéma réalisé*

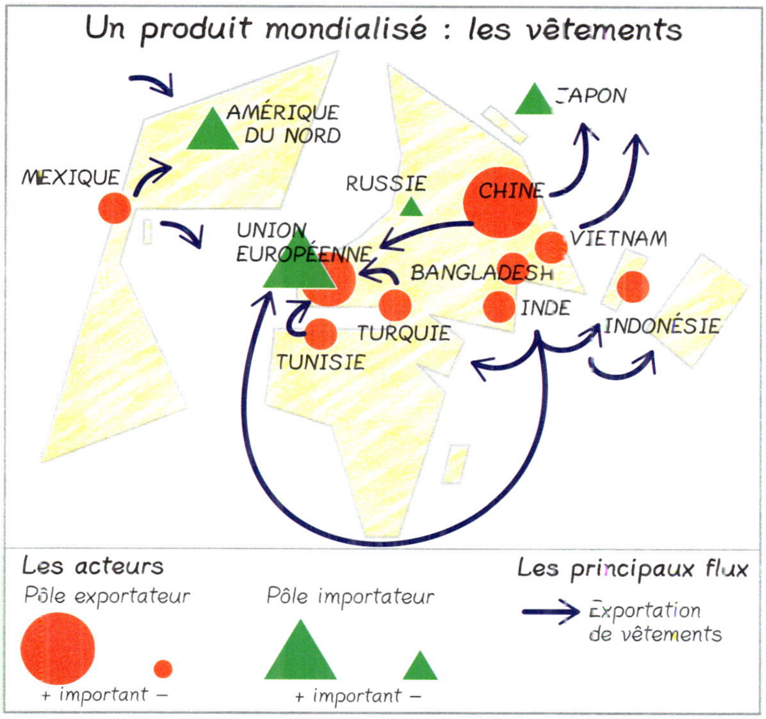

Insérer le schéma dans la composition

▶ Par exemple, **dans la conclusion** en l'annonçant ainsi :
Comme le montre le schéma, la production et la commercialisation des vêtements est un bon exemple du fonctionnement de la mondialisation, avec la mise en œuvre de la division internationale du travail, le développement du commerce mondial mais aussi des territoires qui semblent toujours en marge (PMA).

S'entraîner
Schéma graphique 8

Réaliser un schéma pour illustrer la composition :
La mondialisation : processus, acteurs, flux et débats

Reportez-vous à la méthode 3 page 39

1 Étudiez le schéma graphique présenté pour répondre au sujet

Que montre le schéma ?

- **L'extension des flux d'échanges** sur la planète, caractéristique majeure de **la mondialisation**.
- **Trois pôles majeurs** entre lesquels s'organisent le **commerce mondial** et la **circulation permanente des capitaux**.

Comment utiliser le schéma ?

- **Pour illustrer la composition :** « La mondialisation : processus, acteurs, flux et débats ».
- On peut insérer le schéma dans **une seconde partie consacrée à l'explosion des flux** en l'annonçant de la façon suivante *« comme le montre le schéma… »*.

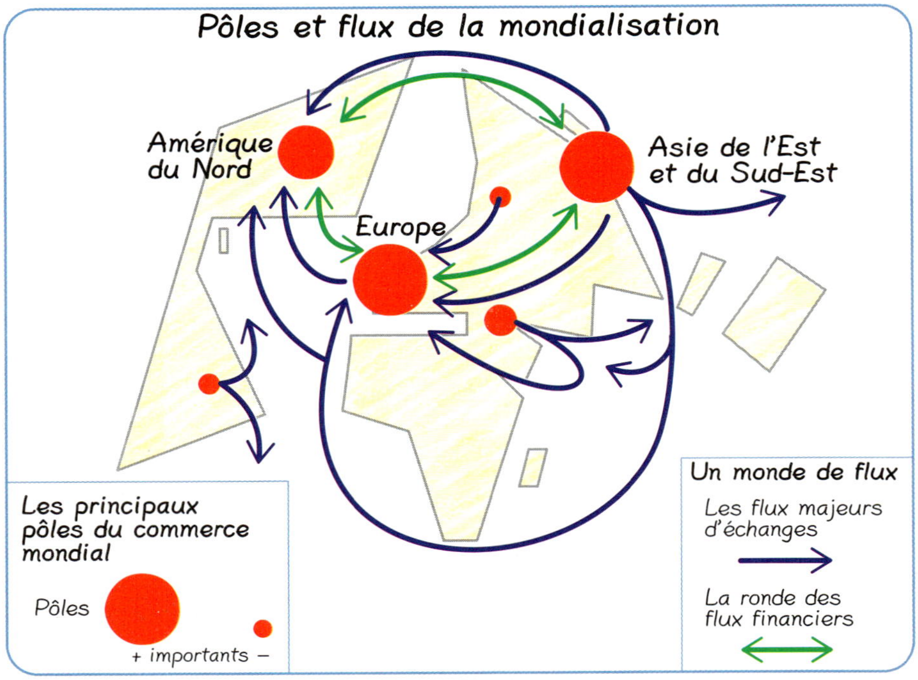

2 Entraînez-vous à réaliser un schéma graphique

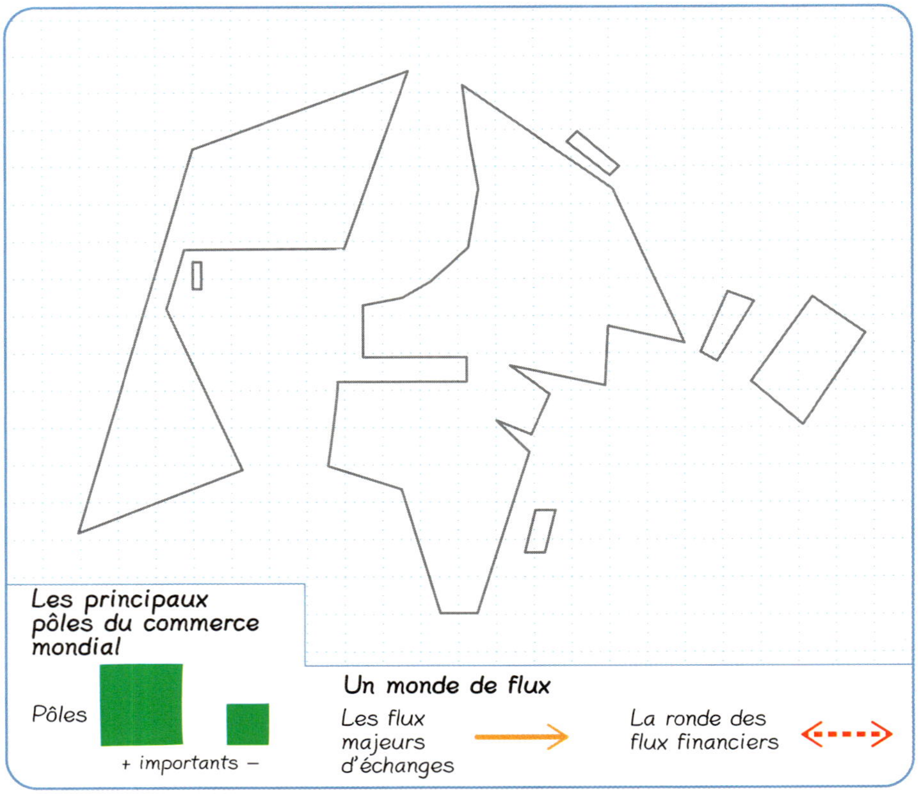

Consigne

Réalisez le schéma à partir du fond de schéma et de la **nouvelle légende** qui l'accompagne.

lienmini.fr/geocarto-tle-012
Mémoriser le contour du schéma.

lienmini.fr/geocarto-tle-014
Réaliser le schéma.

lienmini.fr/geocarto-tle-013
Utiliser les informations d'un schéma graphique.

CARTOBAC INTERACTIF

© Magnard

S'entraîner
Schéma fléché 9

Réaliser un schéma pour illustrer la composition :
En vous appuyant sur le cas du produit mondialisé étudié dans l'année, présentez les processus, les flux et les acteurs de la mondialisation

Reportez-vous à la méthode 2 page 38

1 Étudiez le schéma fléché présenté pour répondre au sujet

Que montre le schéma ?

- **Les acteurs** qui organisent la production à l'échelle mondiale.
- **Les processus** de la **division internationale du travail** qu'ils mettent en œuvre.
- **Le développement des flux multiples** qui en conditionnent le **fonctionnement**.

Comment utiliser le schéma ?

- **Pour illustrer la composition :** « En vous appuyant sur le cas du produit mondialisé étudié dans l'année, présentez les processus, les flux et les acteurs de la mondialisation ».
- On peut insérer le schéma dans **la conclusion** en l'annonçant de la façon suivante *« comme le montre le schéma… ».*

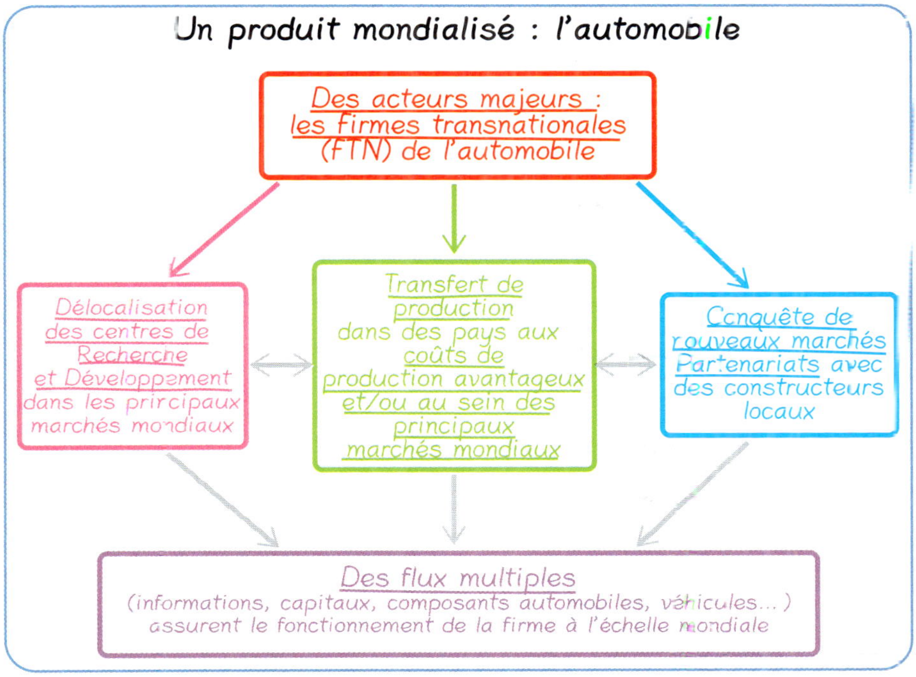

2 Entraînez-vous à réaliser un schéma fléché

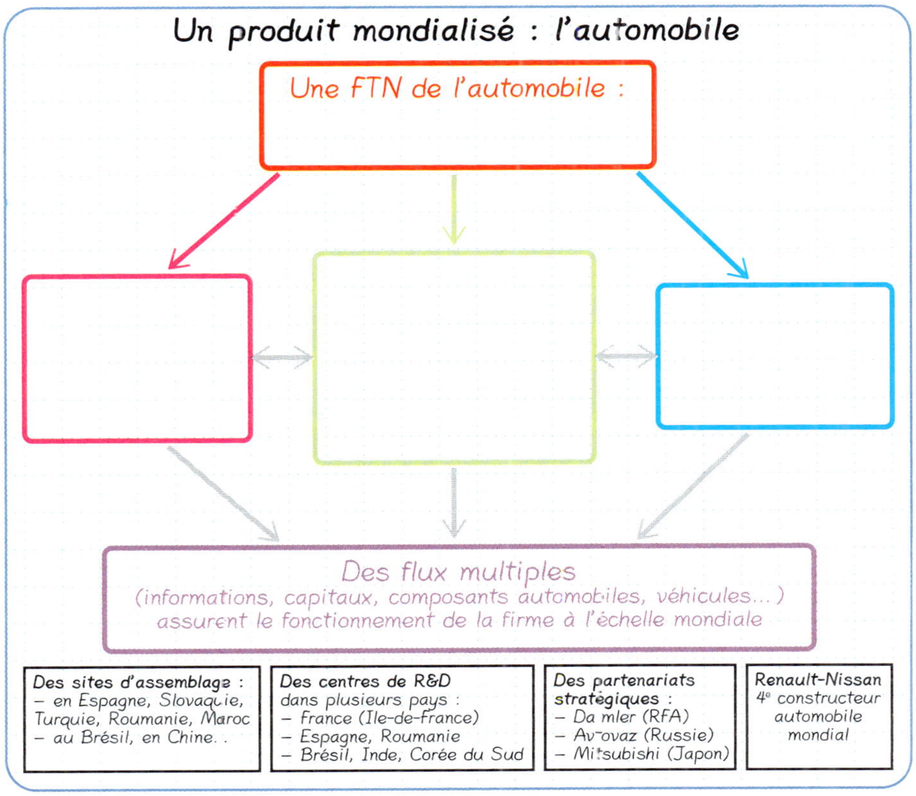

Consigne

Réalisez le schéma avec la même organisation de cases mais en utilisant les informations données sur un constructeur particulier.

lienmini.fr/geocarto-tle-010
Comprendre la réalisation d'un schéma fléché.

lienmini.fr/geocarto-tle-015
Réaliser le schéma.

lienmini.fr/geocarto-tle-011
Utiliser les informations d'un schéma fléché.

CARTOBAC INTERACTIF

© Magnard

S'entraîner
Schéma graphique 10

Réaliser un schéma pour illustrer la composition : L'inégale intégration des territoires à la mondialisation

Reportez-vous à la méthode 3 page 39

1 Étudiez le schéma graphique présenté pour répondre au sujet

Que montre le schéma ?

- L'inégale **implication des territoires** dans la mondialisation, des **espaces moteurs** aux **espaces en marge**.
- **Des situations très contrastées**, notamment **des Suds** dans le **processus de la mondialisation**.

Comment utiliser le schéma ?

- **Pour illustrer la composition** : « L'inégale intégration des territoires à la mondialisation ».
- On peut insérer le schéma **dans la conclusion** en l'annonçant de la façon suivante : *« comme le montre le schéma… »*.

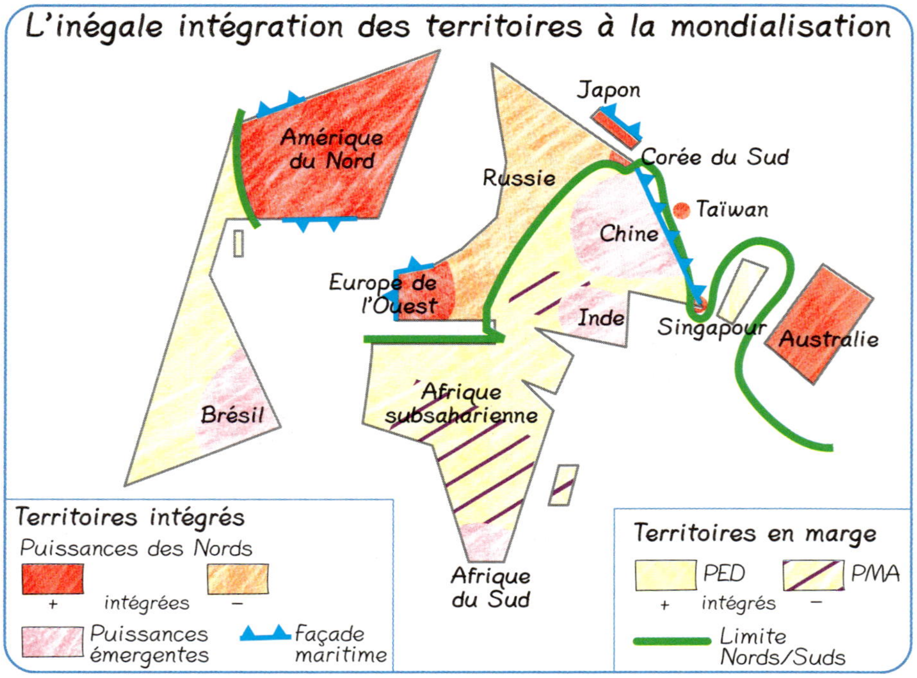

2 Entraînez-vous à réaliser un schéma graphique

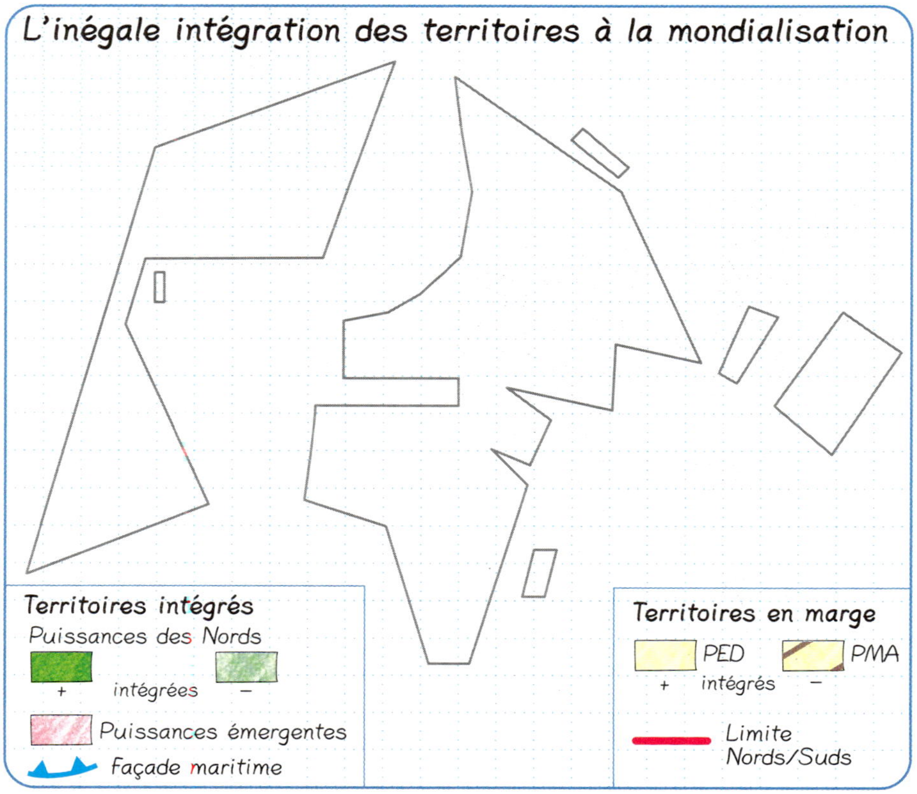

Consigne

Réalisez le schéma à partir du fond de schéma et de la **nouvelle légende** qui l'accompagne.

lienmini.fr/geocarto-tle-012
Mémoriser le contour du schéma.

lienmini.fr/geocarto-tle-016
Réaliser le schéma.

lienmini.fr/geocarto-tle-013
Utiliser les informations d'un schéma graphique.

CARTOBAC INTERACTIF

© Magnard

S'entraîner
Schéma graphique 11

Réaliser un schéma pour illustrer la composition :
Les espaces maritimes : approche géostratégique

Reportez-vous à la méthode 3 page 39

1 Étudiez le schéma graphique présenté pour répondre au sujet

Que montre le schéma ?

- Les **enjeux géoéconomiques** des **océans** dans le contexte de la **mondialisation des échanges** : routes maritimes, façades maritimes.
- **L'importance géostratégique des océans** : contrôle des détroits et canaux, espaces océaniques à risques.

Comment utiliser le schéma ?

- **Pour illustrer la composition :** « Les espaces maritimes : approche géostratégique. »
- On peut insérer le schéma dans **les paragraphes consacrés aux enjeux géoéconomiques et/ ou géostratégiques** des espaces océaniques en l'annonçant de la façon suivante : *« comme le montre le schéma... »*.

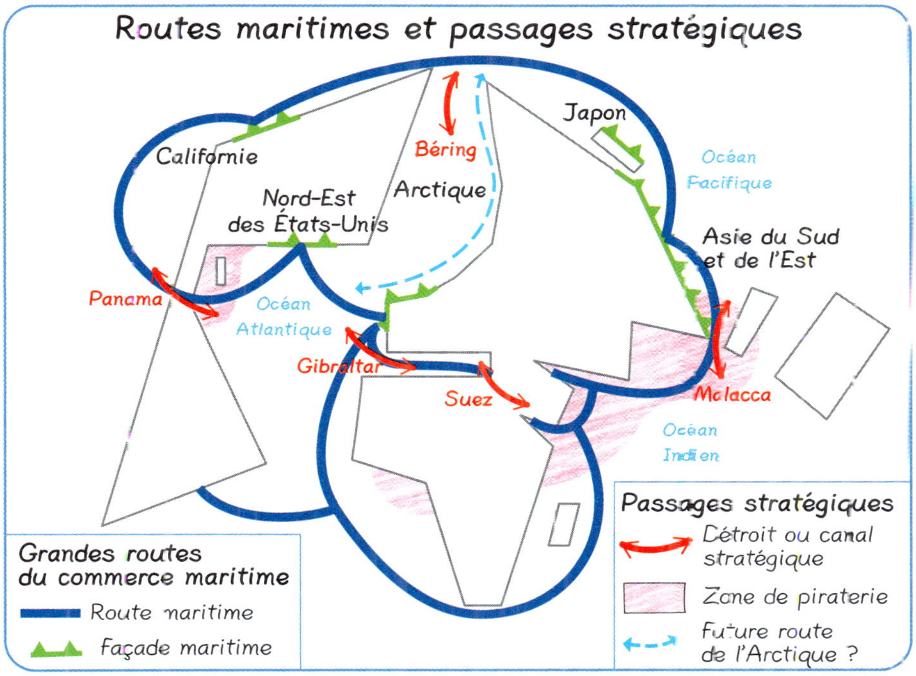

2 Entraînez-vous à réaliser un schéma graphique

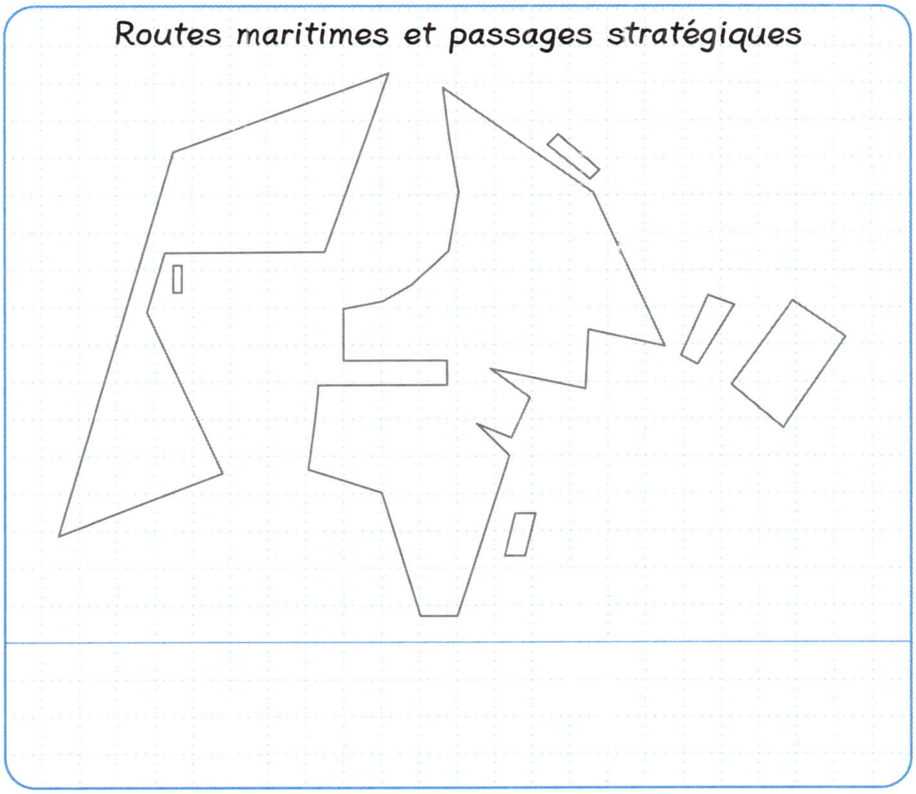

Consigne

Réalisez le schéma à partir du fond de schéma en proposant des figurés différents de ceux du schéma présenté.

lienmini.fr/geocarto-tle-012
Mémoriser le contour du schéma.

lienmini.fr/geocarto-tle-017
Réaliser le schéma.

lienmini.fr/geocarto-tle-013
Utiliser les informations d'un schéma graphique.

CARTOBAC INTERACTIF

© Magnard

S'entraîner
Schéma graphique 12

Réaliser un schéma pour illustrer les compositions :
– Une inégale intégration des territoires dans la mondialisation
– Les espaces maritimes : approche géostratégique

Reportez-vous à la méthode 3 page 39

1 Étudiez le schéma graphique présenté pour répondre aux sujets

Que montre le schéma ?

- **L'organisation spatiale** d'une façade maritime.
- Les façades maritimes : **des territoires intégrés à la mondialisation.**

Comment utiliser le schéma ?

- **Pour illustrer les compositions :** « Les espaces maritimes : approche géostratégique » et « une inégale intégration des territoires dans la mondialisation ».
- On peut insérer le schéma dans un **paragraphe** sur **la littoralisation des activités** ou sur **le rôle des façades maritimes dans la mondialisation**.

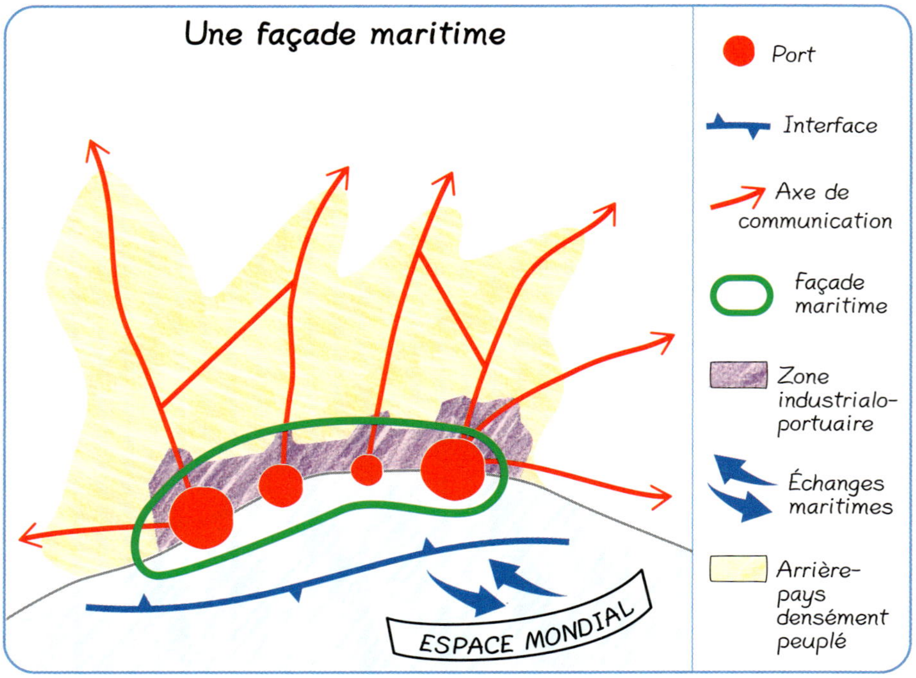

2 Entraînez-vous à réaliser un schéma graphique

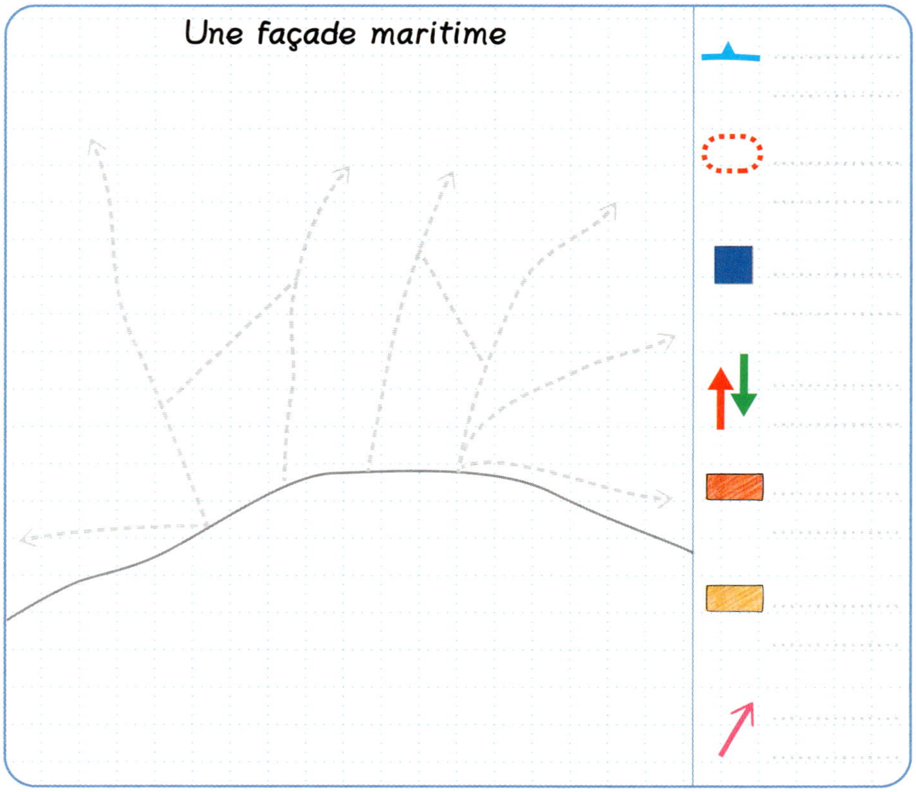

Consigne

Réalisez le schéma à partir du fond de schéma et des **figurés proposés. Complétez la légende.**

lienmini.fr/geocarto-tle-018
Réaliser le schéma.

lienmini.fr/geocarto-tle-013
Utiliser les informations d'un schéma graphique.

CARTOBAC INTERACTIF

© Magnard

S'entraîner
Schéma graphique 13

Réaliser un schéma pour illustrer la composition :
Le continent américain : entre tensions et intégrations régionales

Reportez-vous à la méthode 3 page 39

1 Étudiez les schémas graphiques présentés pour répondre au sujet

Que montrent les schémas ?

- **Schéma 1** : les **contrastes de développement et de puissance** du continent américain.
- **Schéma 2** : les **ensembles économiques régionaux** et **le poids des États-Unis**.

Comment utiliser les schémas ?

- **Pour illustrer la composition** : « Le continent américain : entre tensions et intégrations régionales ».
- **On peut utiliser** :
  - **le schéma 1** pour montrer **les inégalités du continent américain** ;
  - **le schéma 2** pour illustrer le **processus d'intégration** du continent.

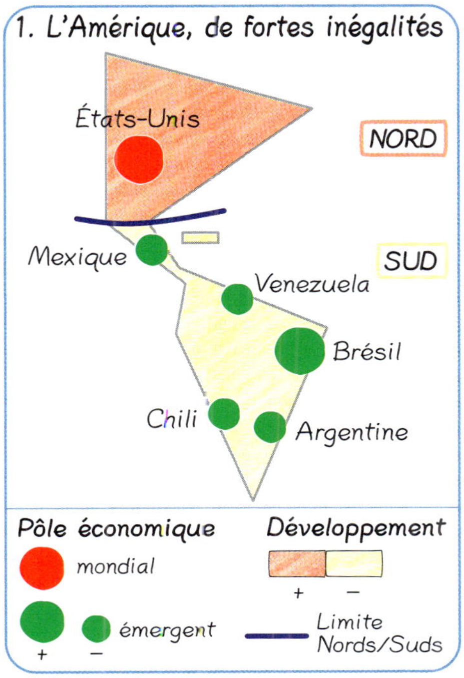

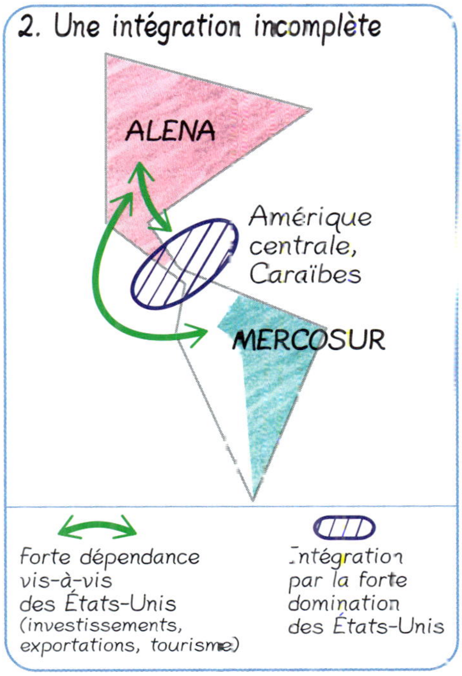

2 Entraînez-vous à réaliser des schémas graphiques

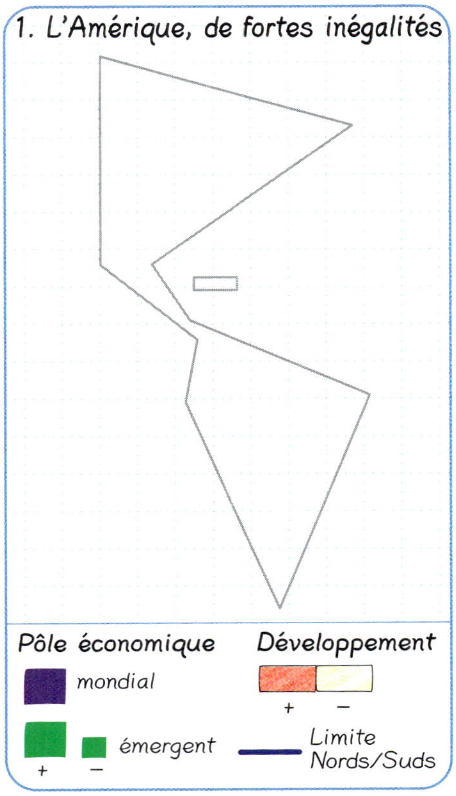

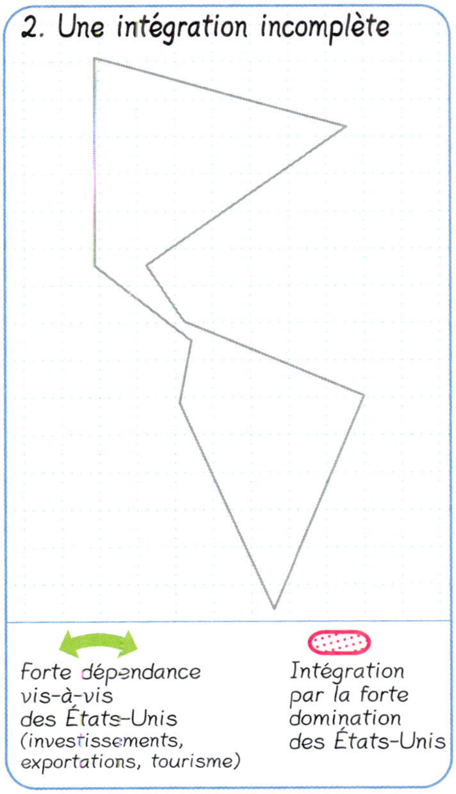

Consigne

Réalisez les schémas à partir des fonds de schéma et des **nouvelles légendes** qui les accompagnent.

lienmini.fr/geocarto-tle-019
Mémoriser le contour du schéma.

lienmini.fr/geocarto-tle-020
Réaliser le schéma.

lienmini.fr/geocarto-tle-013
Utiliser les informations d'un schéma graphique.

CARTOBAC INTERACTIF

© Magnard

S'entraîner
Schéma fléché

14

Réaliser un schéma pour illustrer la composition : Le continent américain : entre tensions et intégrations

Reportez-vous à la méthode 2 page 38

1 Étudiez le schéma fléché présenté pour répondre au sujet

Que montre le schéma ?

- Un continent de contrastes **avec des flux et des tensions**.
- **Des logiques d'intégration régionale** différentes, créatrices d'associations régionales.
- L'**Aléna** et le **Mercosur** sont les associations les plus abouties.

Comment utiliser le schéma ?

- **Pour illustrer la composition :** « Le continent américain : entre tensions et intégrations ».
- On peut insérer le schéma **dans la conclusion** en l'annonçant de la façon suivante : « *comme le montre le schéma…* ».

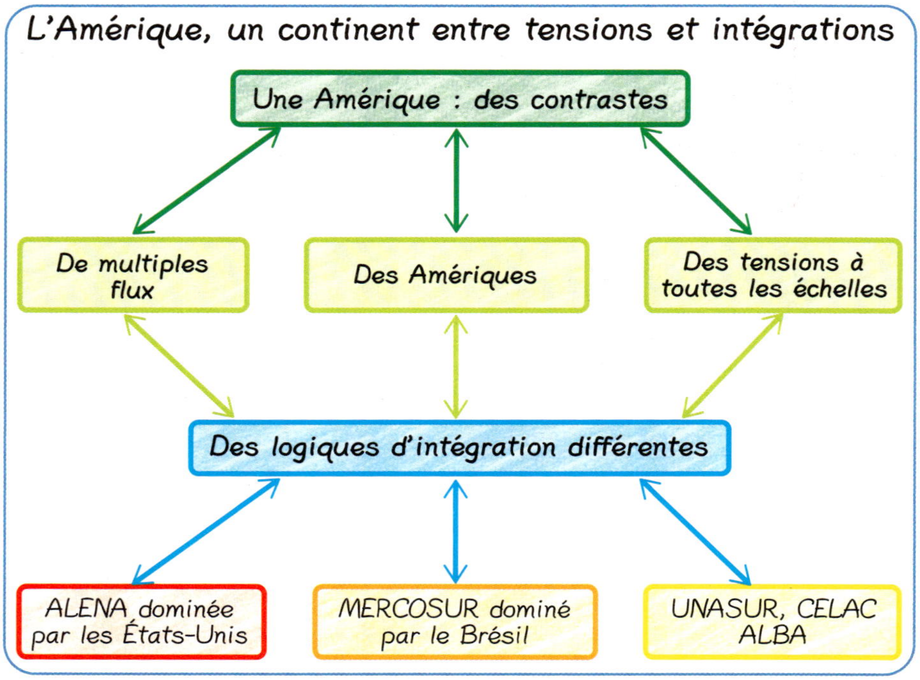

2 Entraînez-vous à réaliser un schéma graphique

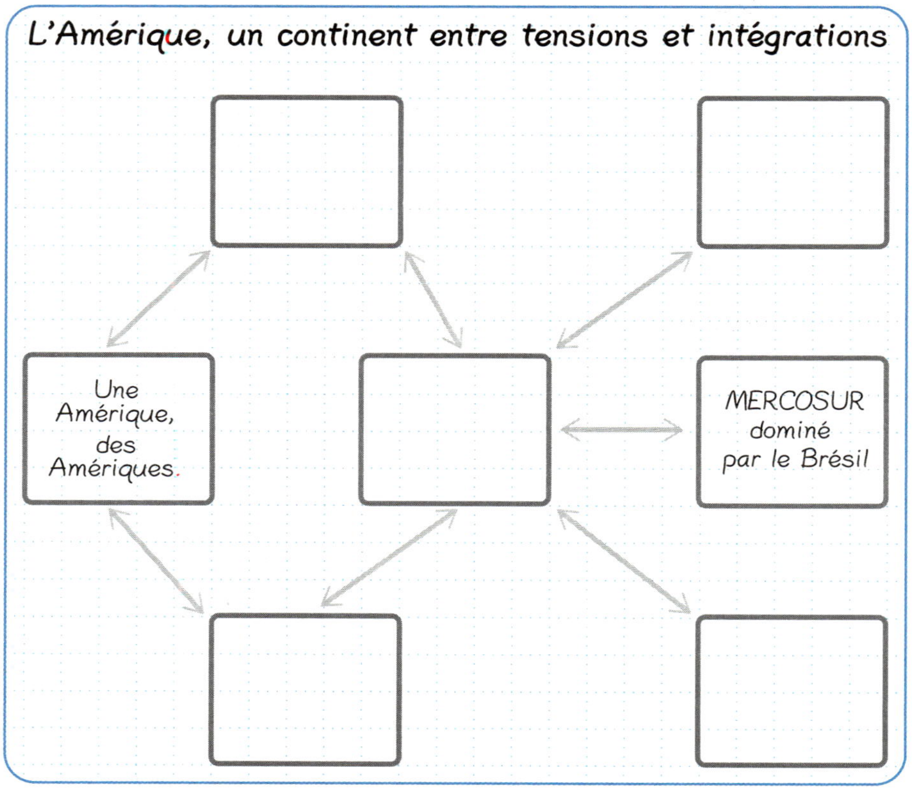

Consigne

Réalisez le schéma dans **une autre disposition** des cases en les **complétant à partir du schéma présenté**.

lienmini.fr/geocarto-tle-010
Comprendre la réalisation d'un schéma fléché.

lienmini.fr/geocarto-tle-021
Réaliser le schéma.

lienmini.fr/geocarto-tle-011
Utiliser les informations d'un schéma fléché.

CARTOBAC INTERACTIF

© Magnard

Réaliser un schéma pour illustrer la composition : États-Unis – Brésil : rôle mondial

Reportez-vous à la méthode 2 page 38

1 Étudiez le schéma fléché présenté pour répondre au sujet

Que montre le schéma ?

- Les États-Unis, **une puissance dominante** avec une influence **mondiale** multiforme.
- Le Brésil, une **puissance émergente** dont la zone d'influence est surtout **régionale**.
- Deux puissances inégales.

Comment utiliser le schéma ?

- **Pour illustrer la composition :** « États-Unis – Brésil : rôle mondial ».
- On peut **insérer le schéma dans une seconde partie** consacrée au rayonnement différent des deux puissances en l'annonçant de la façon suivante : *« comme le montre le schéma… »*.

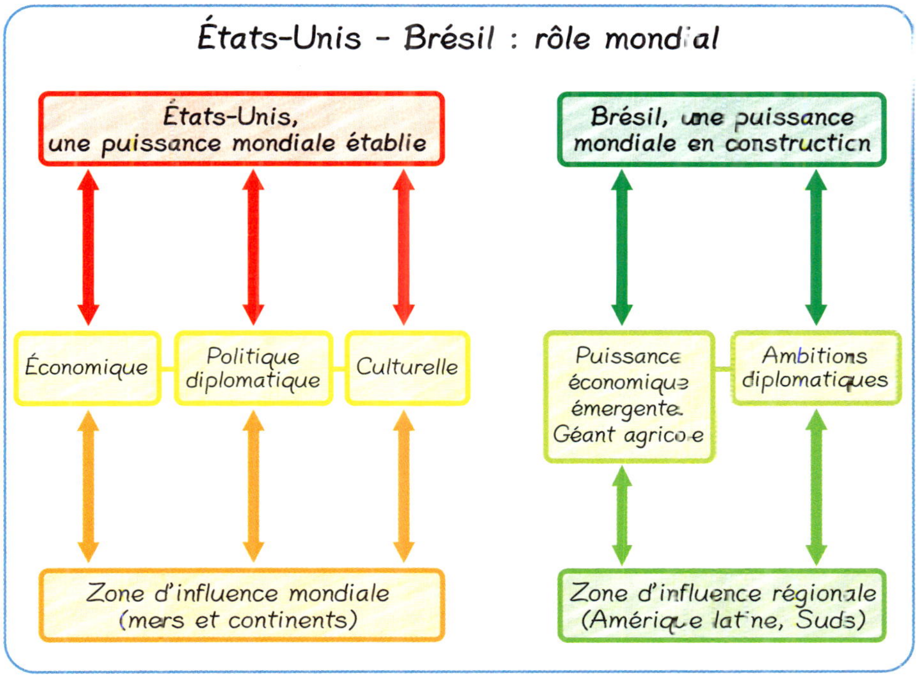

2 Entraînez-vous à réaliser un schéma fléché

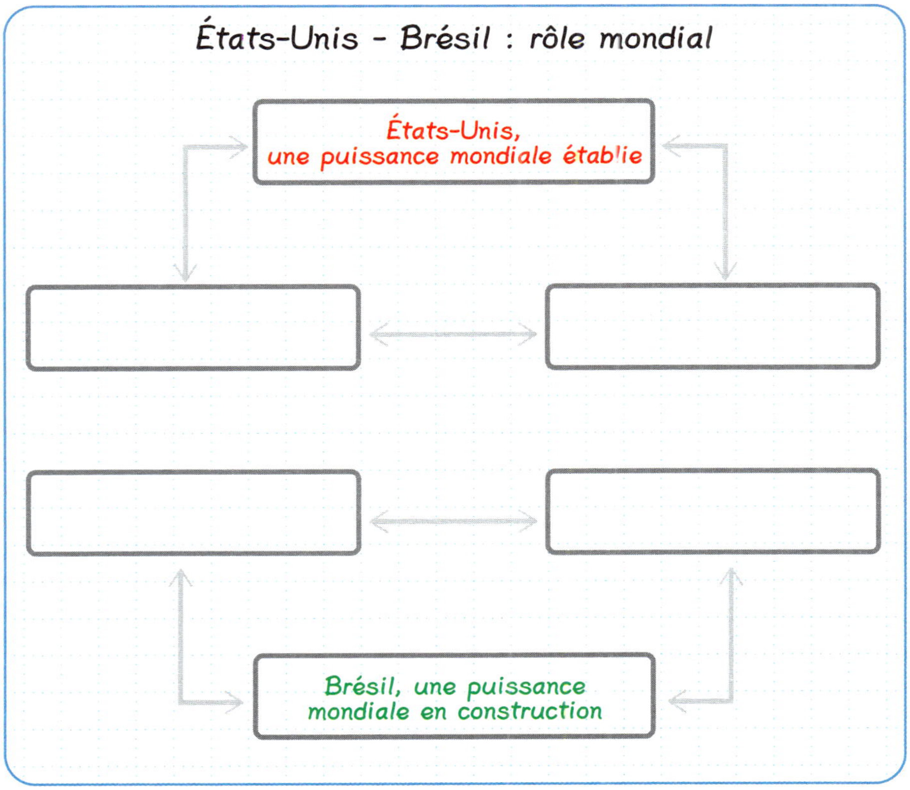

Consigne

Réalisez le schéma dans une autre disposition des cases en les **complétant à partir du schéma présenté**.

lienmini.fr/geocarto-tle-010
Comprendre la réalisation d'un schéma fléché.

lienmini.fr/geocarto-tle-022
Réaliser le schéma.

lienmini.fr/geocarto-tle-011
Utiliser les informations d'un schéma fléché.

CARTOBAC INTERACTIF

© Magnard

S'entraîner
Schéma graphique 16

Réaliser un schéma pour illustrer la composition :
États-Unis – Brésil : dynamiques territoriales

Reportez-vous à la méthode 3 page 39

1 Étudiez les schémas graphiques présentés pour répondre au sujet

Schéma 1

Que montre le schéma ?

- L'organisation du territoire des États-Unis en **trois grands ensembles régionaux.**

Comment utiliser le schéma ?

- **Pour illustrer la composition** : « États-Unis – Brésil : dynamiques territoriales ».
- On peut insérer le schéma dans **le paragraphe** consacré aux **dynamiques territoriales** des États-Unis en l'annonçant de la façon suivante : *« comme le montre le schéma… ».*

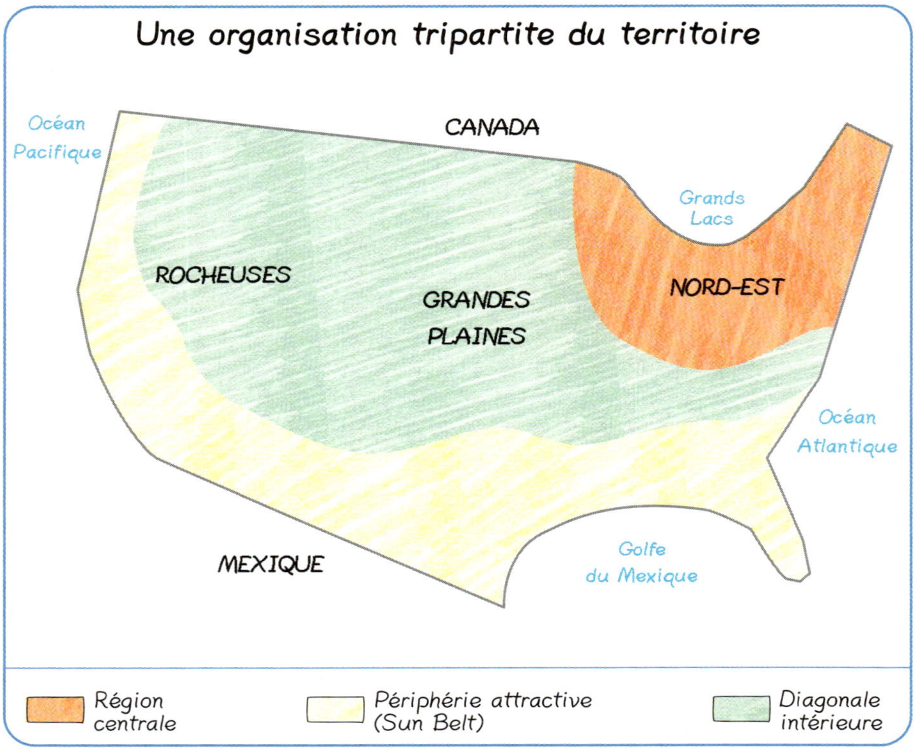

Schéma 2

Que montre le schéma ?

- Les **très grandes métropoles** et la **Mégalopole** des États-Unis.

Comment utiliser le schéma ?

- **Pour illustrer la composition** : « États-Unis – Brésil : dynamiques territoriales ».
- On peut insérer le schéma dans **un paragraphe consacré au rôle majeur des métropoles dans les dynamiques du territoire** des États-Unis en l'annonçant de la façon suivante : *« comme le montre le schéma… ».*

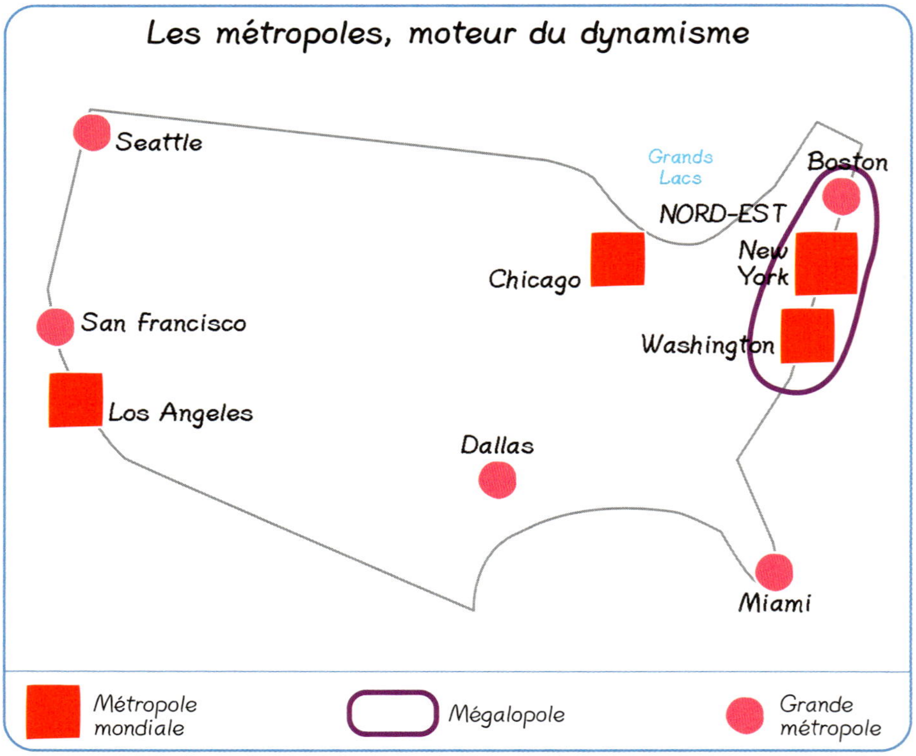

© Magnard

Schéma 3

Que montre le schéma ?

- Les **espaces attractifs de la périphérie** et la **région en difficulté** (la ***Rust Belt*** **des Grands Lacs**).

Comment utiliser le schéma ?

- **Pour illustrer la composition** : « États-Unis – Brésil : dynamiques territoriales ».
- On peut insérer le schéma dans **un paragraphe** consacré aux **dynamiques territoriales des États-Unis** afin de **localiser le « croissant périphérique » attractif** et **la région industrielle des Grands Lacs en difficulté** en l'annonçant de la façon suivante : *« comme le montre le schéma… »*.

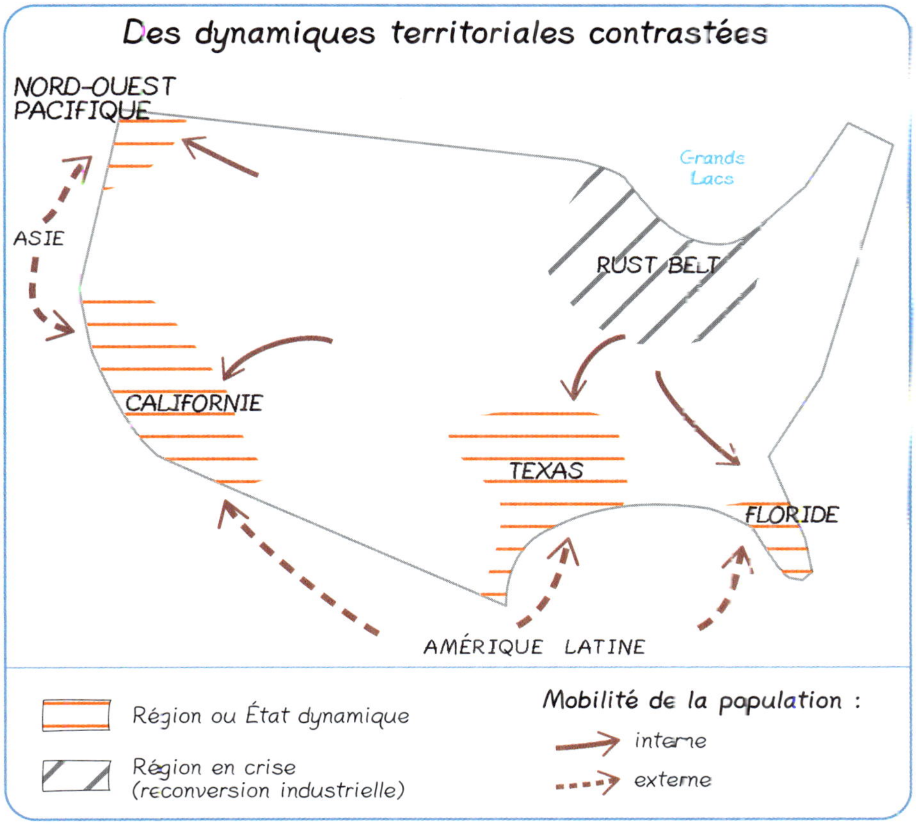

2 À partir des schémas 1, 2 et 3, réalisez le schéma graphique 4

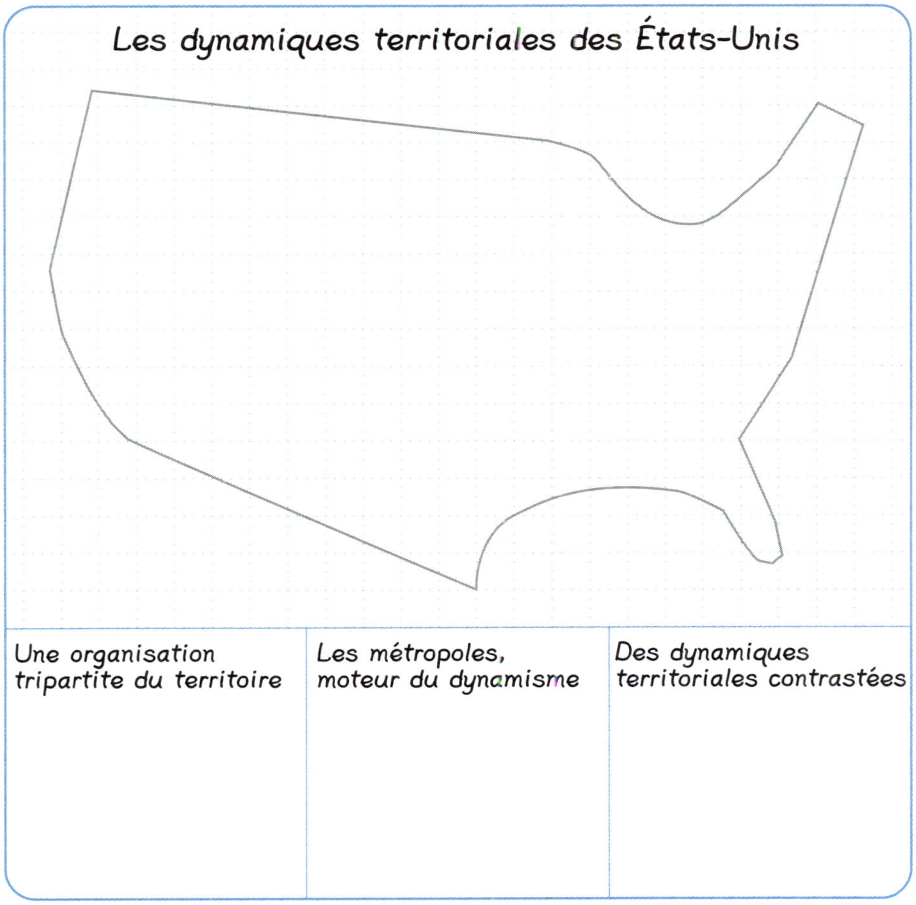

Comment utiliser le schéma ?

- On peut insérer le schéma dans **la conclusion** pour **illustrer la composition** : « États-Unis – Brésil : dynamiques territoriales ».
- On l'introduit ainsi : *« comme le montre le schéma… »*.

lienmini.fr/geocarto-tle-023
Mémoriser le contour du schéma.

lienmini.fr/geocarto-tle-024
Réaliser le schéma.

lienmini.fr/geocarto-tle-013
Utiliser les informations d'un schéma graphique.

CARTOBAC INTERACTIF

© Magnard

S'entraîner
Schéma graphique 17

Réaliser un schéma pour illustrer la composition :
États-Unis – Brésil : dynamiques territoriales

Reportez-vous à la méthode 3 page 39

1 Étudiez le schéma graphique présenté pour répondre au sujet

Que montre le schéma ?

- L'**organisation du territoire** du Brésil, **le centre et sa périphérie**.
- Les **dynamiques spatiales** qui recomposent l'organisation du territoire brésilien.

Comment utiliser le schéma ?

- **Pour illustrer la composition :** « États-Unis – Brésil : dynamiques territoriales ».
- On peut insérer le schéma dans **le paragraphe** consacré aux **dynamiques territoriales du Brésil** en l'annonçant de la façon suivante : *« comme le montre le schéma… »*.

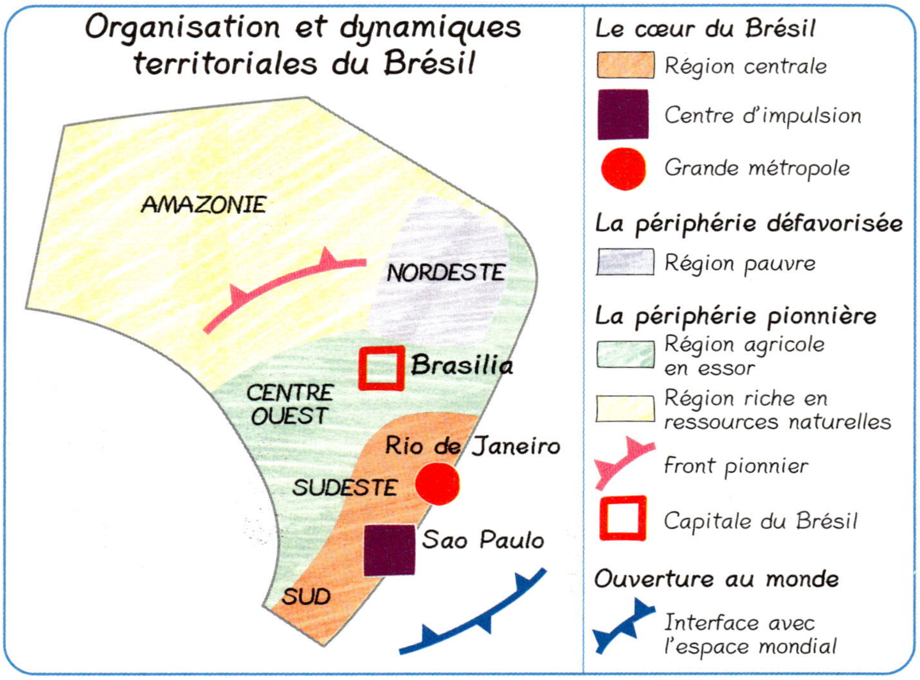

2 Entraînez-vous à réaliser un schéma graphique

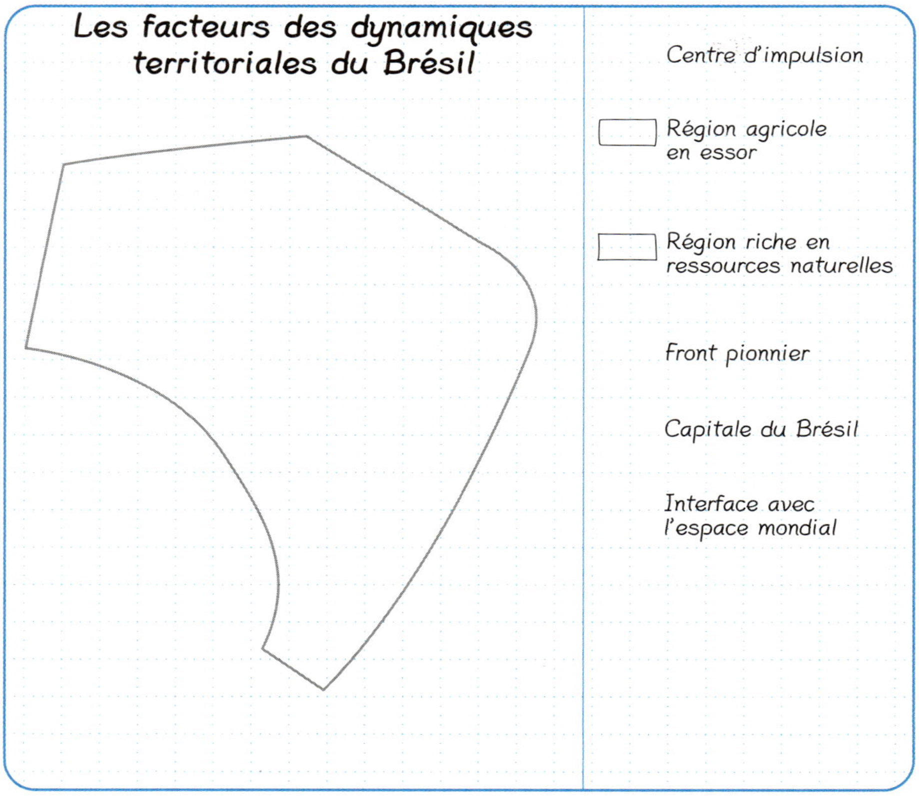

Consigne

En vous aidant du schéma ci-dessus, **réalisez le schéma ci-contre** en ne faisant apparaître que **les facteurs des dynamiques territoriales du Brésil (utilisez des figurés différents).**

lienmini.fr/geocarto-tle-025
Mémoriser le contour du schéma.

lienmini.fr/geocarto-tle-026
Réaliser le schéma.

lienmini.fr/geocarto-tle-013
Utiliser les informations d'un schéma graphique.

CARTOBAC INTERACTIF

© Magnard

S'entraîner
Schéma graphique 18

Réaliser un schéma pour illustrer la composition :
Le Sahara : ressources, conflits

Reportez-vous à la méthode 3 page 39

1 Étudiez le schéma graphique présenté pour répondre au sujet

Que montre le schéma ?

- Le Sahara est un désert soumis à des **contraintes**, mais qui recèle des **ressources convoitées**.
- Il est parcouru par de nombreux **flux malgré les frontières**. Il en résulte des **conflits** et des **tensions**.

Comment utiliser le schéma ?

- **Pour illustrer la composition** : « Le Sahara : ressources, conflits ».
- On peut **insérer le schéma** dans la **conclusion** ou dans **l'une des parties en le décomposant**. On l'annonce de la façon suivante : *« comme le montre le schéma… »*.

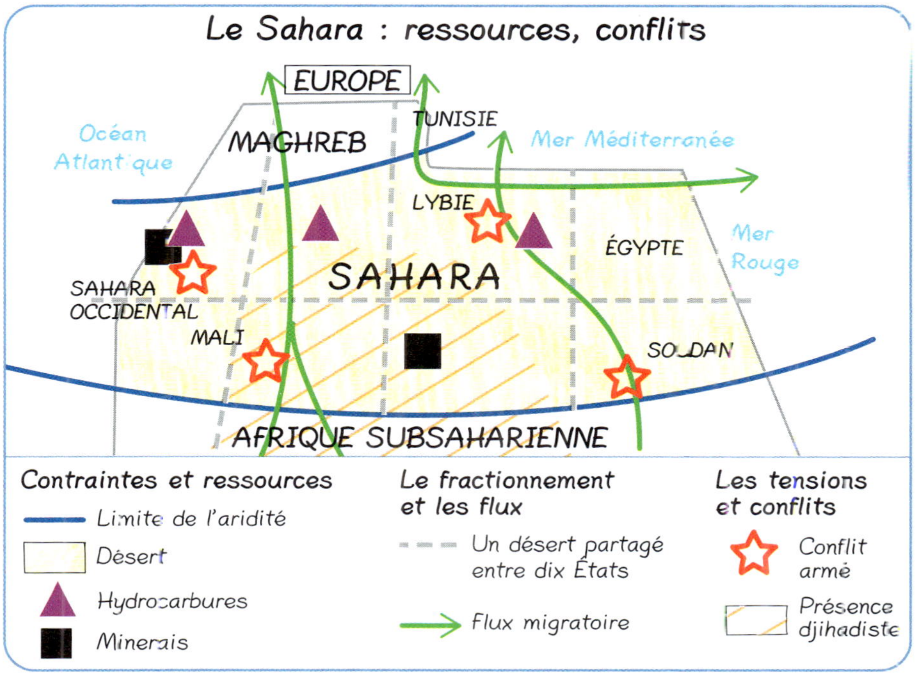

2 Entraînez-vous à réaliser un schéma graphique

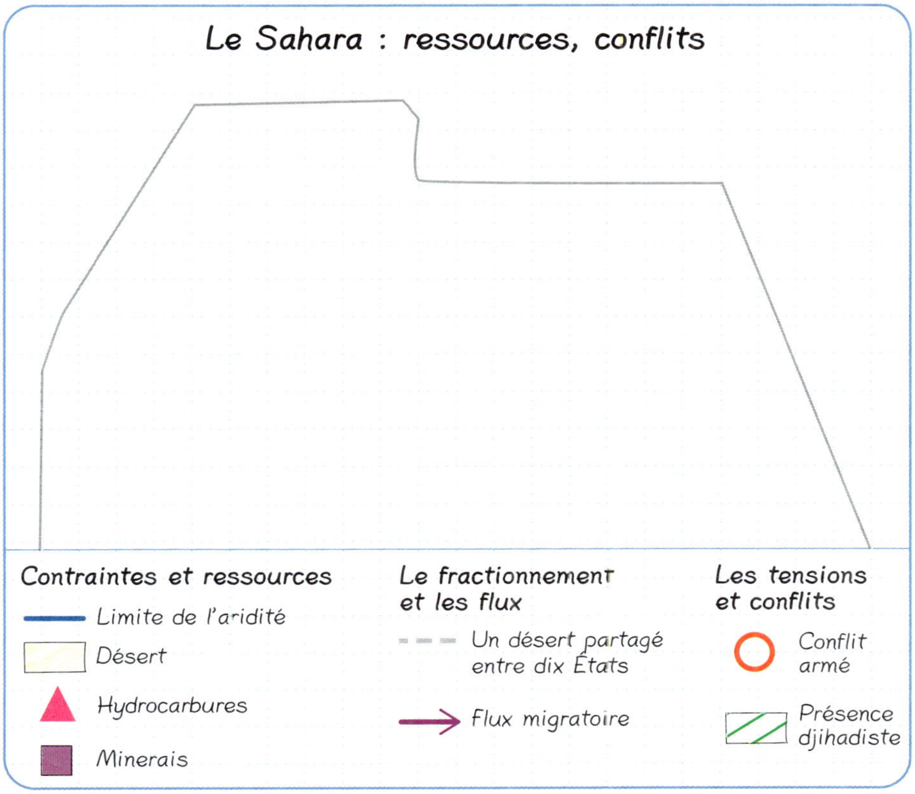

Consigne

Réalisez le schéma à partir du fond de schéma et de la **nouvelle légende** qui l'accompagne.

lienmini.fr/geocarto-tle-027
Mémoriser le contour du schéma.

lienmini.fr/geocarto-tle-028
Réaliser le schéma.

lienmini.fr/geocarto-tle-001
Choisir des figurés adaptés.

CARTOBAC INTERACTIF

© Magnard

S'entraîner
Schéma graphique 19

Réaliser un schéma pour illustrer la composition :
Le continent africain face au développement et à la mondialisation

Reportez-vous à la méthode 3 page 39

1 Étudiez les schémas graphiques présentés pour répondre au sujet

Schéma 1

Que montre le schéma ?

- **Deux freins au développement** : la pauvreté et l'instabilité géopolitique (tensions, conflits, terrorisme).

Comment utiliser le schéma ?

- **Pour illustrer la composition** : « Le continent africain face au développement et à la mondialisation ».
- On **peut insérer le schéma** dans la **première partie de la composition** qui présente l'Afrique en retard de développement. On l'introduit ainsi : *« comme le montre le schéma... »*.

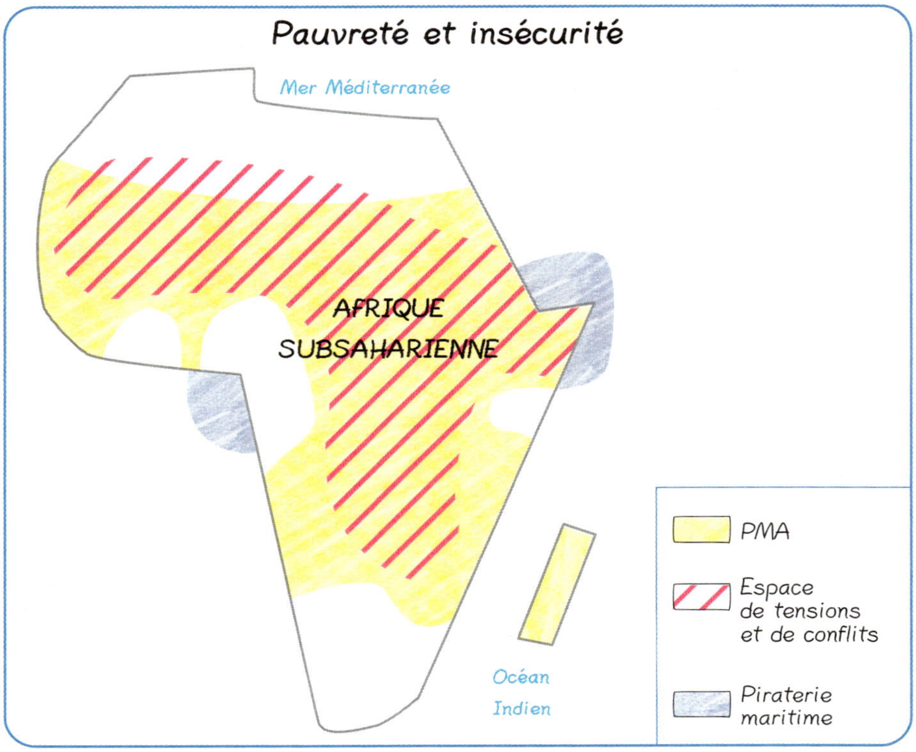

Schéma 2

Que montre le schéma ?

- Les multiples **ressources du sol et du sous-sol** de l'Afrique suscitent de nombreuses convoitises.

Comment utiliser le schéma ?

- **Pour illustrer la composition** : « Le continent africain face au développement et à la mondialisation ».
- On peut insérer le schéma dans la **seconde partie de la composition** qui décrit les leviers du développement de l'Afrique. On l'introduit ainsi : *« comme le montre le schéma... »*.

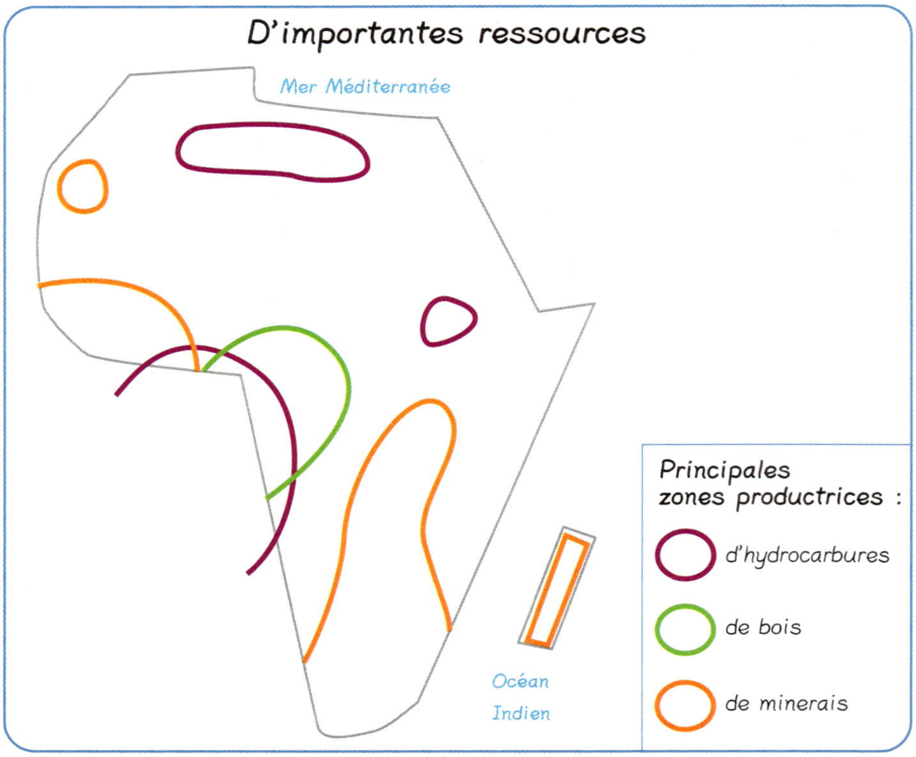

© Magnard

Schéma 3

Que montre le schéma ?

- **L'Afrique s'insère dans la mondialisation** par ses métropoles, ses ports et elle accueille de nombreux investissements directs étrangers (IDE).

Comment utiliser le schéma ?

- **Pour illustrer la composition :** « Le continent africain face au développement et à la mondialisation ».
- On peut insérer le schéma dans la **troisième partie de la composition** qui met en évidence les espaces moteurs de la croissance et de l'ouverture à la mondialisation. On l'introduit ainsi : *« comme le montre le schéma… »*.

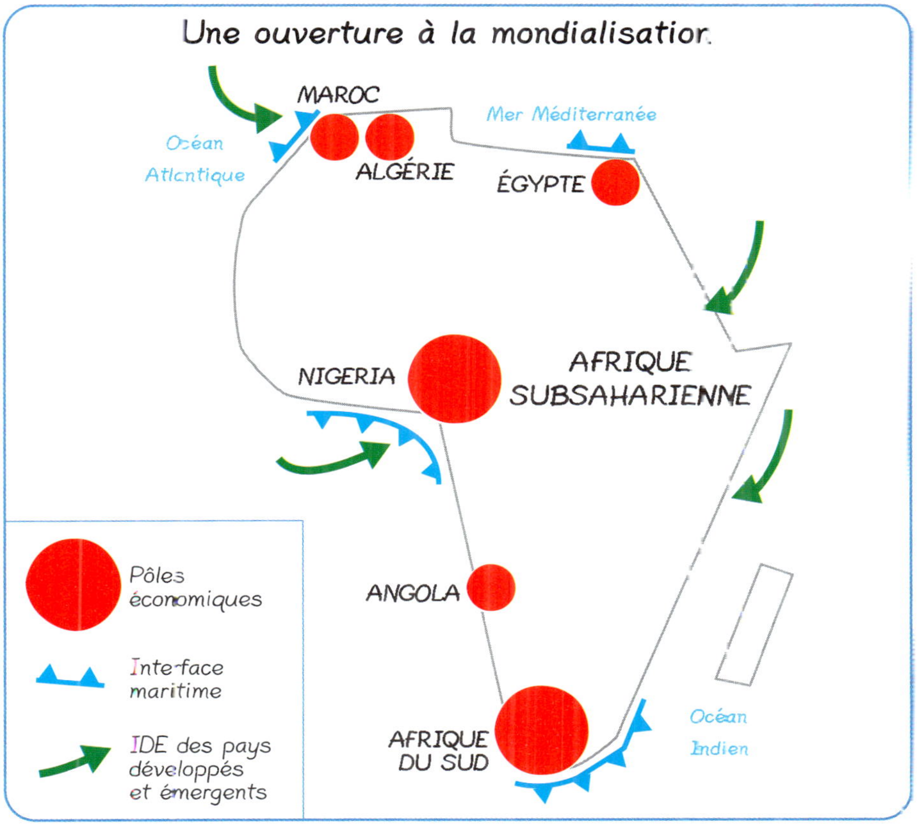

2 À partir des schémas 1, 2 et 3, réalisez le schéma graphique 4

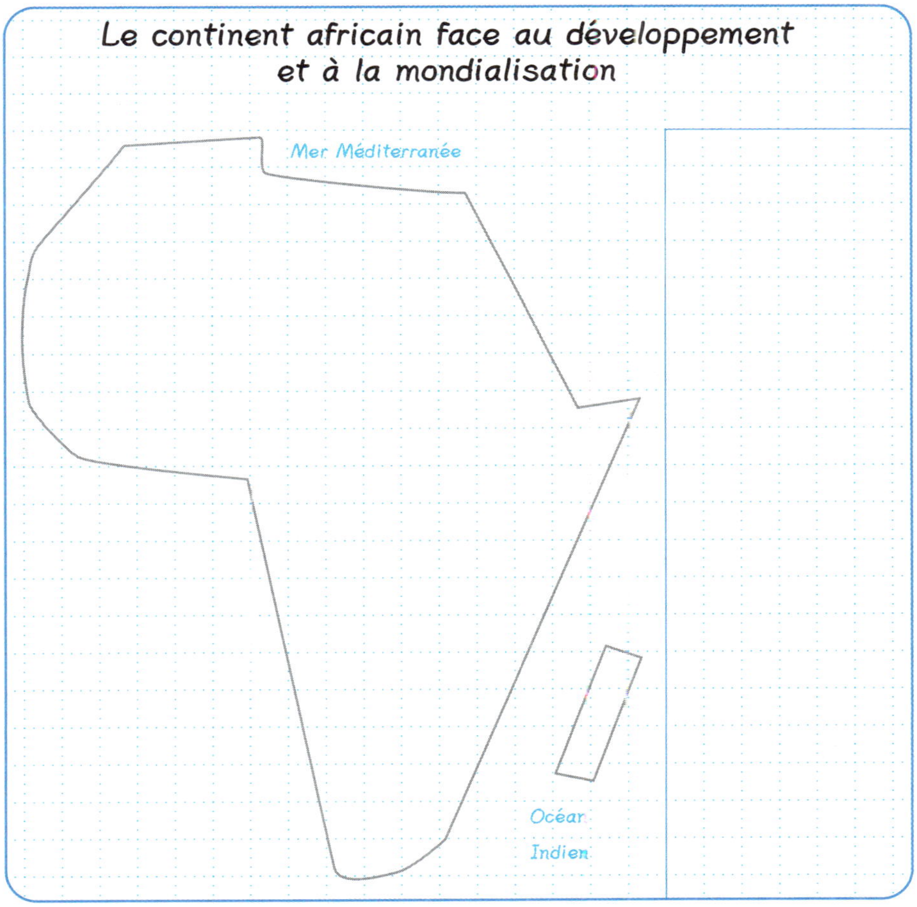

Comment utiliser le schéma ?

- On peut insérer le schéma de synthèse **dans la conclusion** pour illustrer la composition : « Le continent africain face au développement et à la mondialisation ».
- On l'introduit ainsi : *« comme le montre le schéma… »*.

lienmini.fr/geocarto-tle-029
Mémoriser le contour du schéma.

lienmini.fr/geocarto-tle-030
Réaliser le schéma.

lienmini.fr/geocarto-tle-013
Utiliser les informations d'un schéma graphique.

CARTOBAC INTERACTIF

© Magnard

S'entraîner
Schéma graphique 20

Réaliser un schéma pour illustrer la composition :
Mumbai : modernité, inégalités

Séries ES-L

Reportez-vous à la méthode 3 page 39

1 Étudiez les schémas graphiques présentés pour répondre au sujet

Schéma 1

Que montre le schéma ?

- **Le fort dynamisme de Mumbai** qui entraîne de plus en plus sa région métropolitaine dans la croissance urbaine et économique.

Comment utiliser le schéma ?

- **Pour illustrer la composition** : « Mumbai : modernité, inégalités ».
- On peut insérer le schéma dans la **première partie** de la composition qui présente **la croissance accélérée de Mumbai** depuis les années 1960. On l'introduit ainsi : *« comme le montre le schéma... »*.

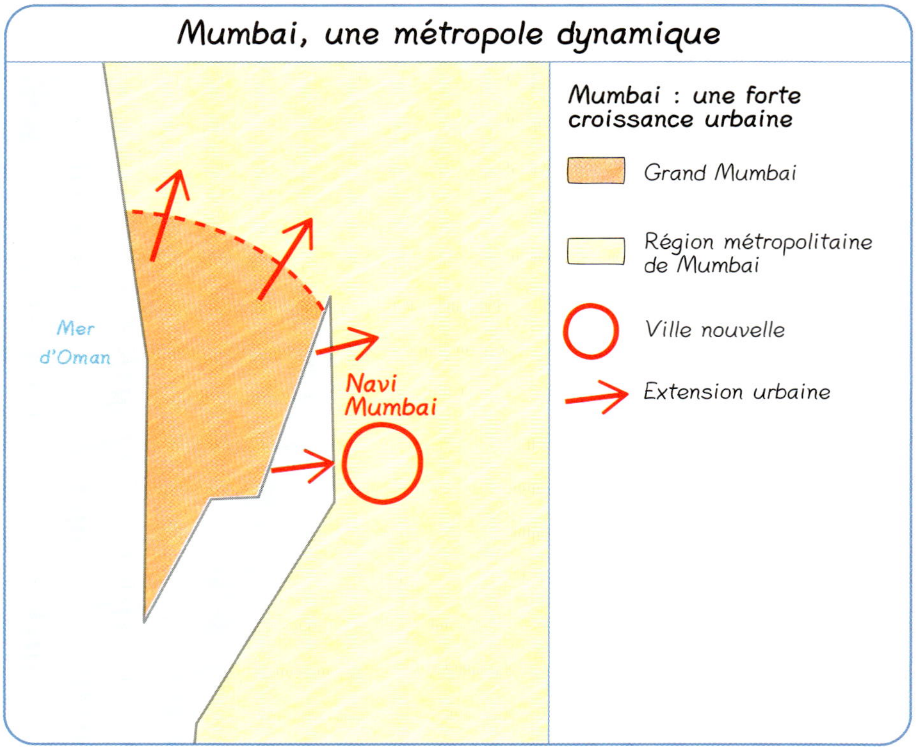

Schéma 2

Que montre le schéma ?

- **La multiplication des fonctions et des équipements** d'une métropole aux ambitions mondiales, notamment les centres d'affaires.

Comment utiliser le schéma ?

- **Pour illustrer la composition** : « Mumbai : modernité, inégalités ».
- On peut insérer le schéma dans la **seconde partie de la composition** qui décrit la **modernisation rapide de la capitale économique de l'Inde émergente**. On l'introduit ainsi : *« comme le montre le schéma... »*.

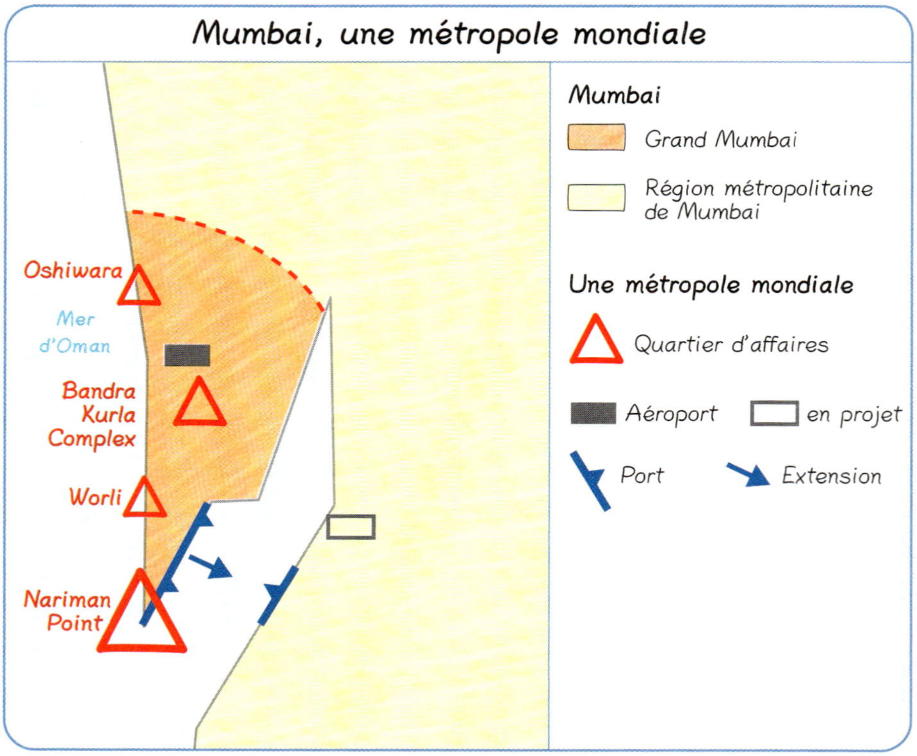

© Magnard

Schéma 3

Que montre le schéma ?

- **La persistance de très fortes inégalités** sociales et spatiales.

Comment utiliser le schéma ?

- **Pour illustrer la composition** : « Mumbai : modernité, inégalités. »
- On peut insérer le schéma dans la **troisième partie** de la composition qui souligne **les fortes inégalités dans la ville et les défis gigantesques** que représente leur résorption. On l'introduit ainsi : *« comme le montre le schéma… »*.

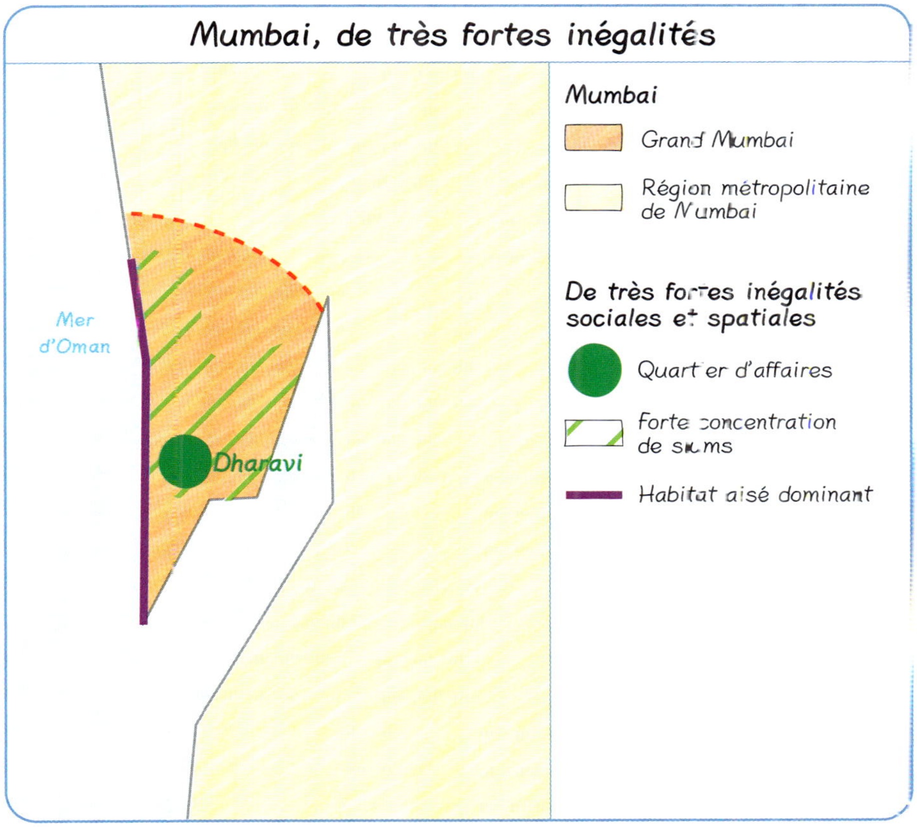

2 À partir des schémas 1, 2 et 3, réalisez le schéma graphique 4

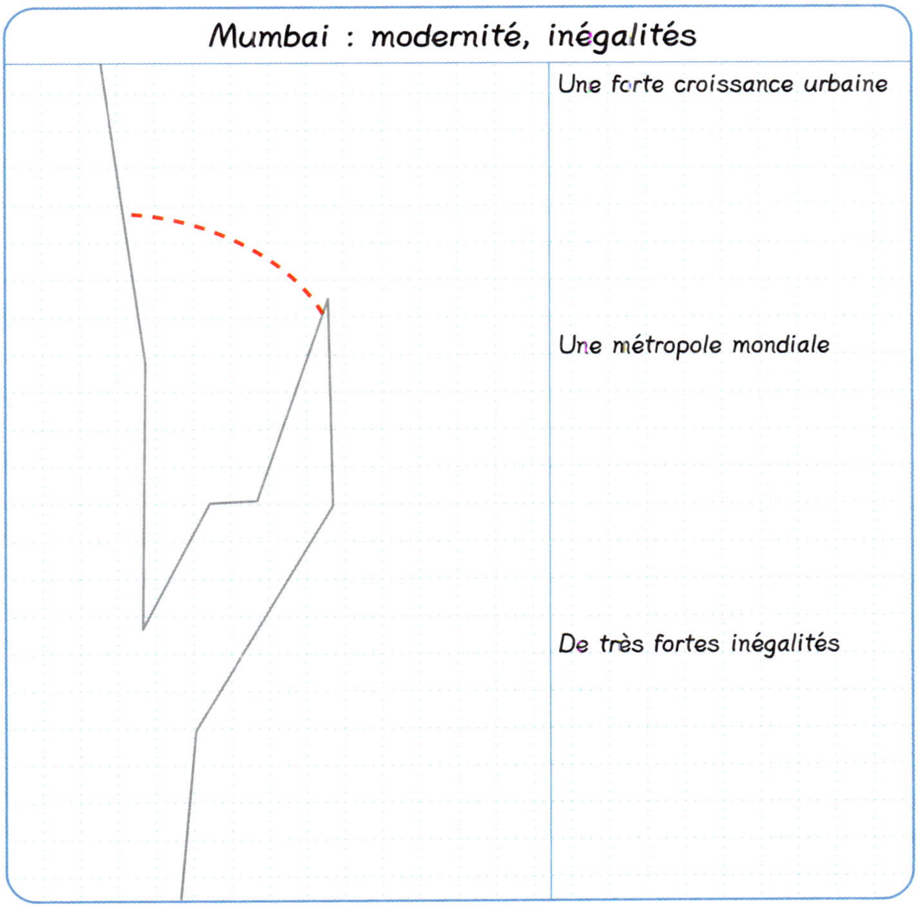

Comment utiliser le schéma ?

- On peut insérer le schéma de synthèse dans la **conclusion pour illustrer la composition** : « Mumbai : modernité, inégalités ».
- On l'introduit ainsi : *« comme le montre le schéma… »*.

lienmini.fr/geocarto-tle-031
Mémoriser le contour du schéma.

lienmini.fr/geocarto-tle-032
Réaliser le schéma.

lienmini.fr/geocarto-tle-015
Utiliser les informations d'un schéma graphique.

CARTOBAC INTERACTIF

© Magnard

S'entraîner
Schéma fléché 21

Réaliser un schéma pour illustrer la composition :
Les défis de la population et de la croissance en Asie du Sud et de l'Est

Reportez-vous à la méthode 2 page 38

1 Étudiez le schéma fléché présenté pour répondre au sujet

Que montre le schéma ?

- Les conséquences de **l'urbanisation rapide** dans des pays le plus souvent **en développement**.
- **Les revers** d'une croissance économique accélérée.
- Les **défis du développement** durable en Asie du Sud et de l'Est.

Comment utiliser le schéma ?

- **Pour illustrer la composition :** « Les défis de la population et de la croissance en Asie du Sud et de l'Est ».
- On peut **insérer le schéma dans la conclusion** en l'annonçant de la façon suivante : « *comme le montre le schéma...* ».

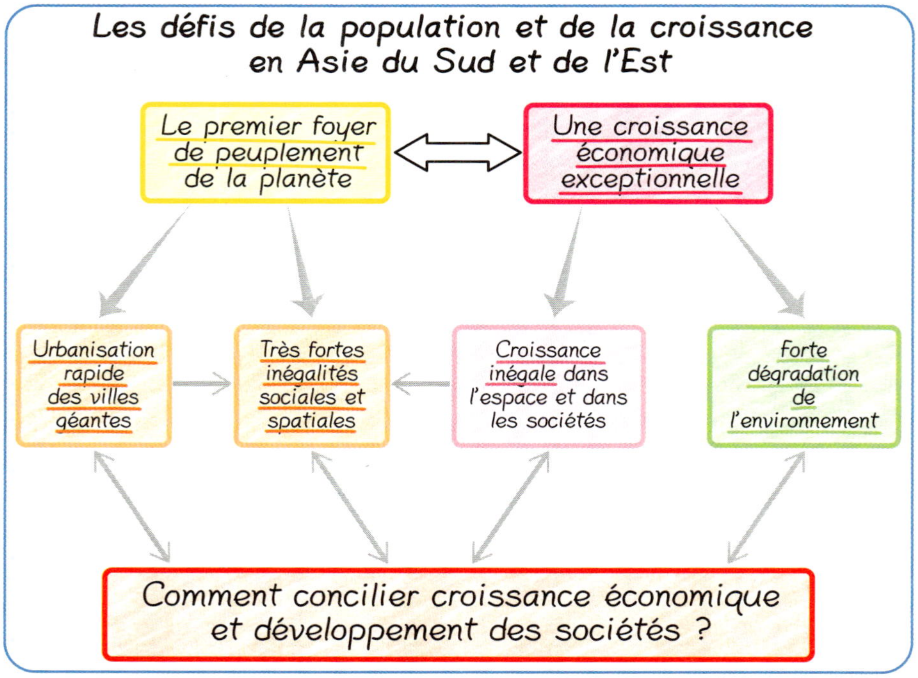

2 Entraînez-vous à réaliser un schéma fléché

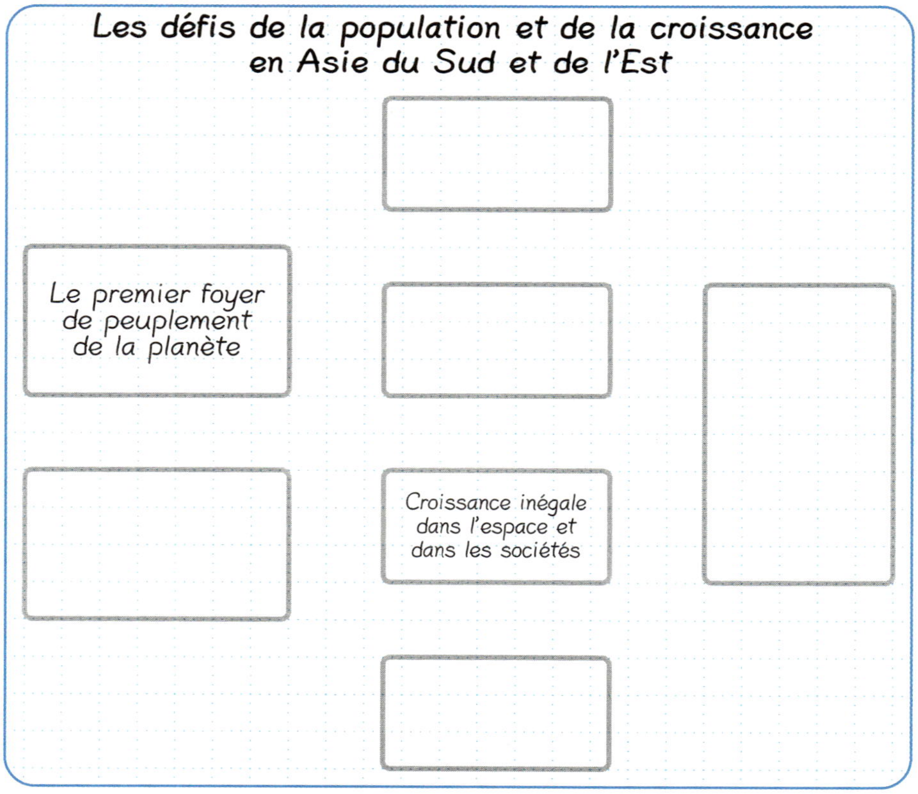

Consigne

Réalisez le schéma dans une **autre disposition** des cases, en les **complétant** et en les **reliant** par les **flèches** appropriées.

lienmini.fr/geocarto-tle-010
Comprendre la réalisation d'un schéma fléché.

lienmini.fr/geocarto-tle-033
Réaliser le schéma.

lienmini.fr/geocarto-tle-011
Utiliser les informations d'un schéma fléché.

CARTOBAC INTERACTIF

© Magnard

S'entraîner
Schéma fléché 22

Réaliser un schéma pour illustrer la composition : Japon-Chine : concurrences régionales, ambitions mondiales

Reportez-vous à la méthode 2 page 38

1 Étudiez le schéma fléché présenté pour répondre au sujet

Que montre le schéma ?

- **La forte rivalité** pour s'imposer comme **principale puissance régionale** notamment en Asie du Sud-Est.
- **Des exemples** de stratégies différentes pour y parvenir : **puissance économique et financière** du Japon, **puissance économique et maritime** de la Chine.

Comment utiliser le schéma ?

- **Pour illustrer la composition** : « Japon-Chine : concurrences régionales, ambitions mondiales ».
- On peut insérer le schéma dans la **première partie consacrée aux rivalités régionales** en l'annonçant de la façon suivante : *« comme le montre le schéma… »*.

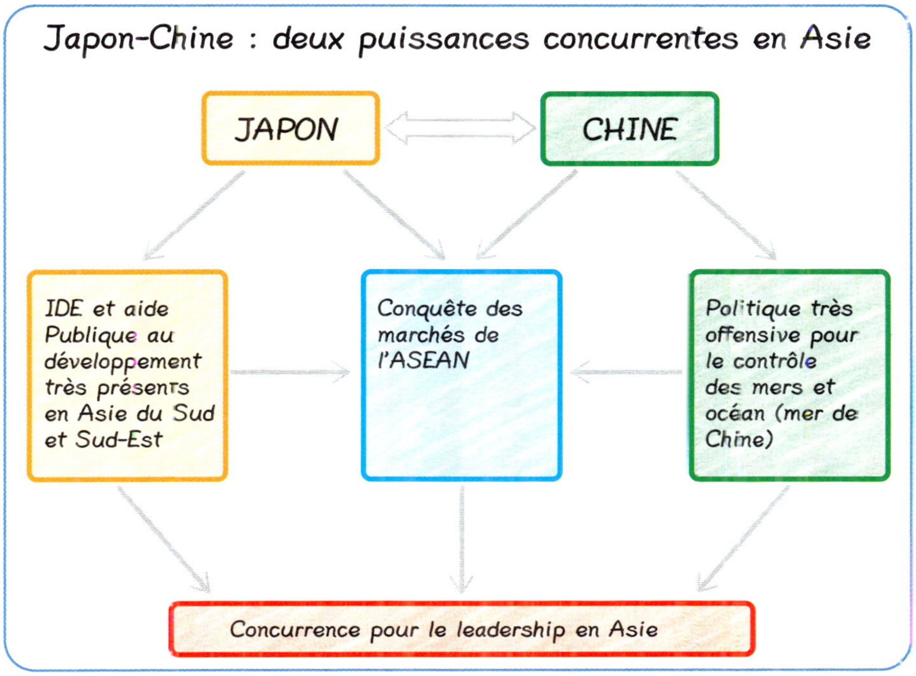

2 Entraînez-vous à réaliser un schéma fléché

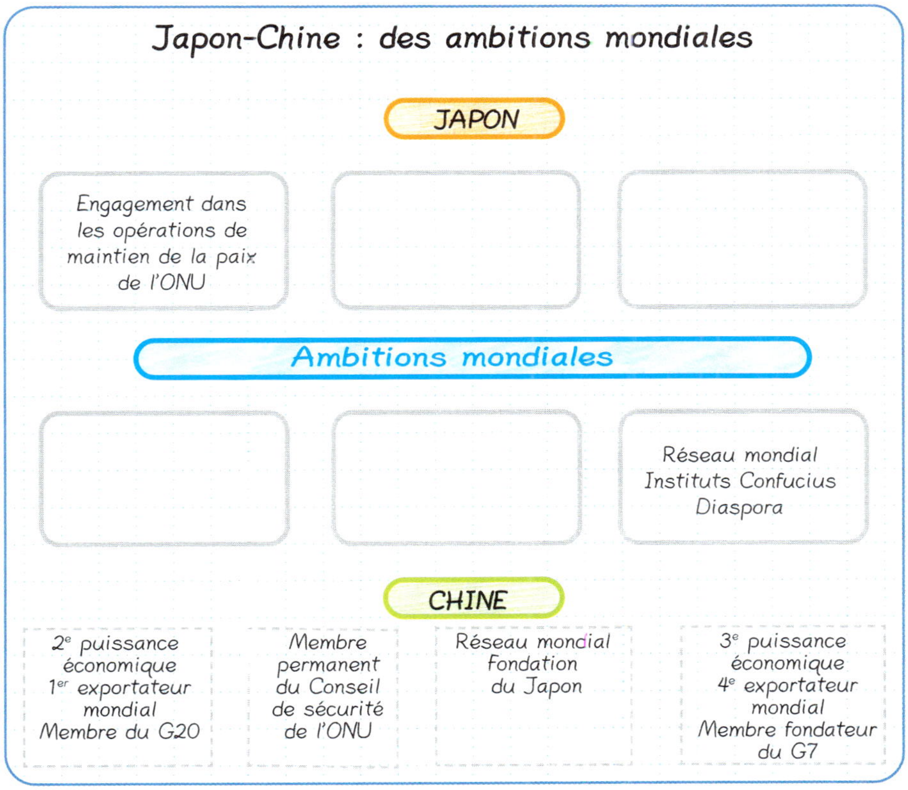

Consigne

Réalisez un schéma pour illustrer la seconde partie de la composition traitant des **ambitions mondiales du Japon et de la Chine.**
Complétez le **fond de schéma ci-contre** en plaçant les **quatre propositions** et **reliez les cases par des flèches.**

lienmini.fr/geocarto-tle-010
Comprendre la réalisation d'un schéma fléché.

lienmini.fr/geocarto-tle-034
Réaliser le schéma.

lienmini.fr/geocarto-tle-011
Utiliser les informations d'un schéma fléché.

CARTOBAC INTERACTIF

© Magnard

Les études de documents du Bac

Méthode

MÉTHODE pour réaliser une étude de document(s) 60

© Magnard

PARTIE 3

Entraînements

23 Les espaces maritimes, des enjeux géoéconomiques 62

24 Le Brésil, une maîtrise territoriale inachevée 64

25 Le continent africain face au défi du développement 66

26 Le Bassin caraïbe : un espace dominé par les États-Unis ? 68

27 Les défis de population en Asie du Sud et de l'Est 70

28 Le Sahara : ressources, conflits 72

© Magnard

Méthode 4

POUR RÉALISER UNE étude de document(s)

Qu'est-ce qu'une étude de document(s) ?

- **« Étude critique de document(s) » en séries ES et L** ou **« Analyse de document(s) » en série S** : il s'agit de rédiger une réponse à un sujet comportant un ou deux documents.
- **Le sujet comporte une consigne** orientant le travail pour la réponse.

Quand réaliser une étude de document(s) ?

- C'est un exercice de la **seconde partie de l'épreuve du baccalauréat** dans les séries ES, L et S.

3 ÉTAPES

ÉTAPE 1 Analyser le sujet et la consigne

✗ Analyser le sujet

– Relevez les **mots importants** et définissez les **notions**.

– Identifiez **l'espace** et **le thème du programme** concernés ainsi que **la question principale** posée par le sujet.

✗ Analyser la consigne

Repérez **les attendus du sujet** et les éléments qui indiquent **une démarche à utiliser** pour la réponse.

ÉTAPE 2 Étudier les documents

✗ Présenter les documents

– **Identifiez** les documents :

- **titre, nature, source, date** ;
- **type(s) de carte (s)** : plages colorées, figurés ponctuels, anamorphoses, flux ;
- **éléments clés de la légende**.

– Notez **l'espace géographique** concerné, **son échelle** (mondiale, régionale, locale).

– Indiquez le **rapport** des documents avec le **sujet** et la **consigne**.

EXEMPLE

• *Analyse du sujet*

Quel thème majeur du programme ? → nouvelle donne économique

Quel espace concerné ? → mondiale

Sujet : **Vers une nouvelle donne économique mondiale ?**

Que signifie la question ?

• *Analyse de la consigne*

Consigne : **Analysez les deux documents pour étudier l'évolution de l'espace économique mondial au début du XXIe siècle : pôles anciens, pôles émergents, reste du monde. Portez un regard critique sur les documents : qu'apporte le texte à la carte ?**

• *Présentation des documents*

Vous pouvez compléter, au brouillon, un tableau comparatif comme ci-dessous :

	Document 1	Document 2
Nature :	*Planisphère*	*Texte*
Source :	*Atlas organisation internationale*	*Revue d'histoire-géographie*
Date :	*Statistiques : 2014*	*2016*
Type de carte :	*Figurés ponctuels proportionnels*	
Espace :	*Une partie du monde*	*Zoom sur un État : Inde*
Rapport avec le sujet :	*Les nouveaux pôles changent la donne Nord / Sud*	*L'Inde, un des nouveaux pôles*

© Magnard

✗ Sélectionner les informations

– Relevez les informations répondant à la consigne.
– Choisissez des **exemples significatifs**.

Pour vous aider

lienmini.fr/geocarto-tle-035
Analyser une carte.
lienmini.fr/geocarto-tle-039
Analyser un texte.
CARTOBAC INTERACTIF

✗ Confronter les documents et porter un regard critique

– Montrez ce qu'apporte leur **mise en relation** : **complémentarité ou opposition**.
– Précisez leur **intérêt** et leurs **limites par rapport au sujet**.
– Commentez la **conception** des documents (lisibilité, choix cartographiques par exemple).

ÉTAPE 3 Rédiger la réponse

✗ Rédigez une introduction

Présentant le ou les document(s) et les questions posées par le sujet.

✗ Rédigez des paragraphes

Répondant à chaque partie de la consigne et montrant ce qu'apporte la confrontation des documents.

✗ Rédiger une conclusion

Faisant le bilan en rappelant les réponses apportées par les documents au sujet.

Pour vous aider

lienmini.fr/geocarto-tle-036
Organiser la réponse.
CARTOBAC INTERACTIF

© Magnard

Document 1 - L'émergence de nouveaux pôles économiques

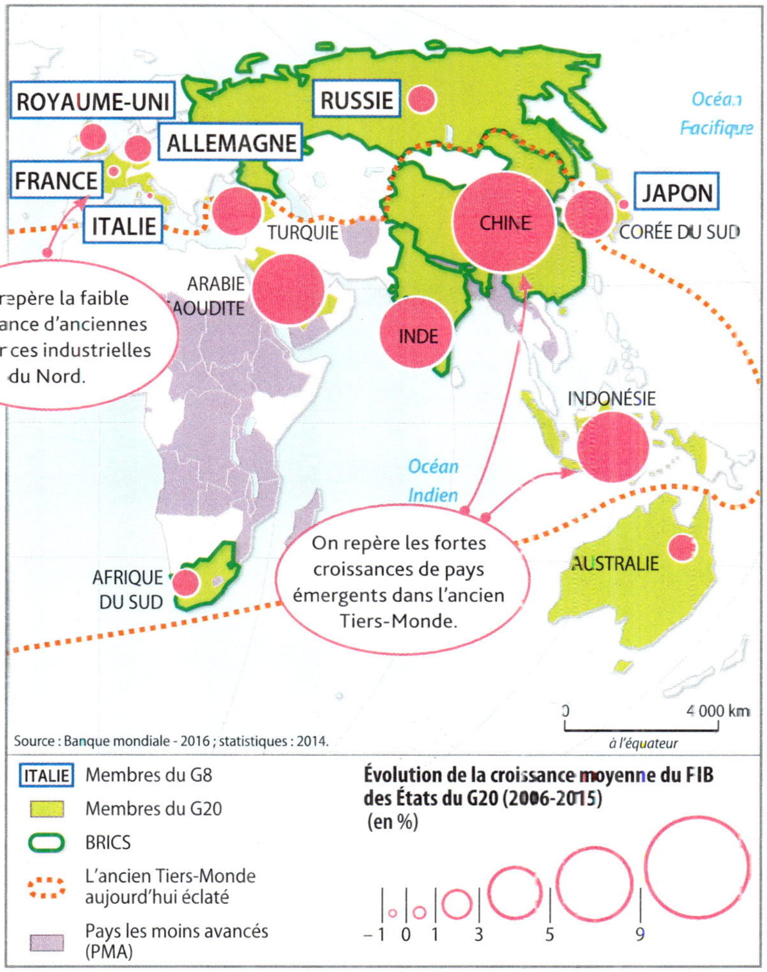

Document 2 - L'Inde, l'émergence économique sans le développement ?

Les signes de l'émergence indienne → Aujourd'hui, l'Inde appartient au groupe des grandes économies mondiales. Avec une croissance record de 7,5 % en 2015, elle devrait confirmer sa place au 9e rang mondial des PIB.

Un exemple de secteur dynamique → Le secteur des TIC a été un élément moteur de la croissance économique indienne. En 2014, le pays détenait 55 % du marché mondial de la sous-traitance informatique, activité phare de ce nouveau « bureau du monde ».

Les inégalités géographiques de l'émergence → Le sud de l'Inde, la région capitale de Delhi et la conurbation Mumbai-Pune enregistrent un PIB élevé. À l'opposé, les régions intérieures s'enfoncent dans la pauvreté, avec un niveau d'équipement et d'infrastructures bas.

Les limites sociales de l'émergence → En 2011, 23,6 % de la population indienne vivait sous le seuil de pauvreté, soit près de 290 millions de personnes, nombre éloquent pour un pays qui cumule record du nombre de pauvres et 3e rang mondial pour le nombre de milliardaires ! Même si la pauvreté recule, cette baisse reste insuffisante et relativise le succès de l'économie indienne dont la croissance ne suffit pas à entraîner toute la population dans son sillage.

L. DEJOUHANET, « L'Inde, une puissance en construction », *La Documentation photographique* n° 8109, 2016.

S'entraîner
Étude de documents 23

SUJET BAC

Les espaces maritimes, des enjeux géoéconomiques

Consigne – Analysez les documents pour montrer l'intérêt économique des espaces maritimes et les tensions que leur contrôle suscite. Qu'apporte le changement d'échelle de la carte 2 ?

Reportez-vous à la méthode 4 page 60

1 Analysez le sujet et la consigne

- **Analysez le sujet**
  - ✗ À quel thème du programme le sujet « Les espaces maritimes, des enjeux géoéconomiques » se rapporte-t-il ?
  - ✗ Expliquez l'expression « enjeux géoéconomiques ».
- **Analysez la consigne**
  - ✗ Quel plan la consigne propose-t-elle ? Quel regard critique est demandé ?

2 Étudiez les documents

- **Présentez les documents**
  - ✗ Présentez les documents et mettez-les en relation avec le sujet et la consigne.
- **Sélectionnez les informations**
  - ✗ Sélectionnez les informations répondant à la consigne :
    - importance économique ;
    - tensions (concurrences entre les ports, contrôle des passages stratégiques, répartition des ressources, revendications territoriales...).
- **Exercez un regard critique**
  - ✗ Montrez ce que la carte 1 ne permet pas d'envisager et ce qu'apporte l'échelle régionale pour répondre au sujet.

lienmini.fr/geocarto-tle-035
Analyser une carte.
CARTOBAC INTERACTIF

3 Rédigez la réponse

- **Classez les informations et rédigez la réponse finale**
  - ✗ Reproduisez le tableau au brouillon et complétez les pistes de réponse afin de classer les informations et les connaissances que vous allez utiliser.

Introduction - Les espaces maritimes ont un intérêt économique croissant et sont très convoités. - Présentation des documents et du plan. *1 L'importance économique des mers* - **Un trafic maritime mondialisé** Carte 1 : façades portuaires majeures - **De riches ressources** Carte 1 : zones de pêche Carte 2 : gisements pétroliers offshore	*2 Des territoires stratégiques et convoités* - **Des lieux à contrôler** Carte 1 : passages maritimes majeurs Carte 2 : îles revendiquées - **Des frontières maritimes discutées** Carte 2 : ambitions chinoises *3 L'intérêt de l'échelle régionale* - **Limites de la carte 2** Des conflits évoqués sans précision - **Apport de la carte 2** : territoires maritimes représentés *Conclusion* : Comme le montrent les deux documents...

lienmini.fr/geocarto-tle-036
Organiser la réponse.
lienmini.fr/geocarto-tle-038
La réponse au sujet.
CARTOBAC INTERACTIF

© Magnard

Pour analyser la carte 1

Document 1 - Les enjeux géoéconomiques des espaces maritimes

Quels sont les **deux atouts économiques** des espaces maritimes ?

Identifiez les **grandes routes maritimes** et les lieux de concentration de l'**activité portuaire**.

Quels éléments montrent **les enjeux et les tensions** ?

Regard critique : la carte informe-t-elle sur les conditions d'exploitation des ressources naturelles des espaces maritimes ?

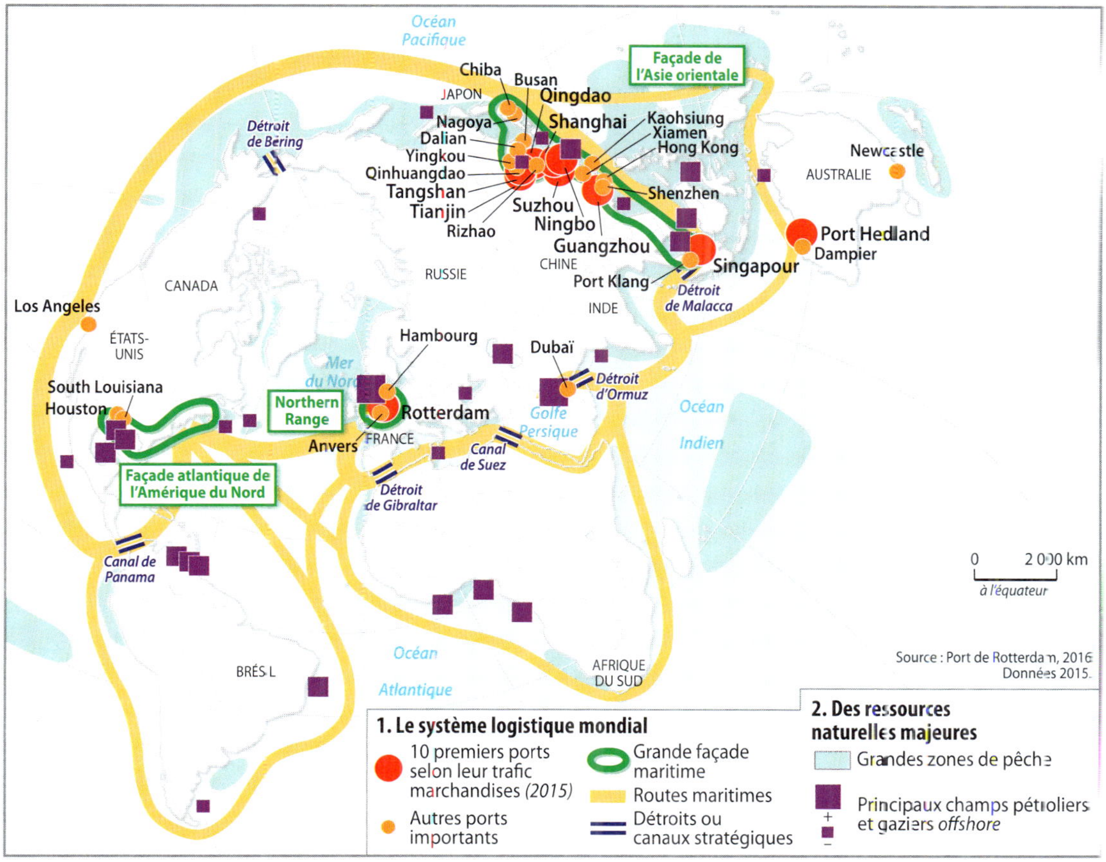

Pour analyser la carte 2

Document 2 - Les ambitions de la Chine en mer de Chine méridionale

Comment **les ambitions chinoises s'expriment-elles** ?

Quels autres pays expriment des revendications ?

Quelle ressource est facteur de tensions ? Quel est l'exemple le plus représentatif ?

Regard critique : repérez l'espace de la carte 2 sur la carte 1. Qu'apporte la carte 2 par rapport à la carte 1 ?

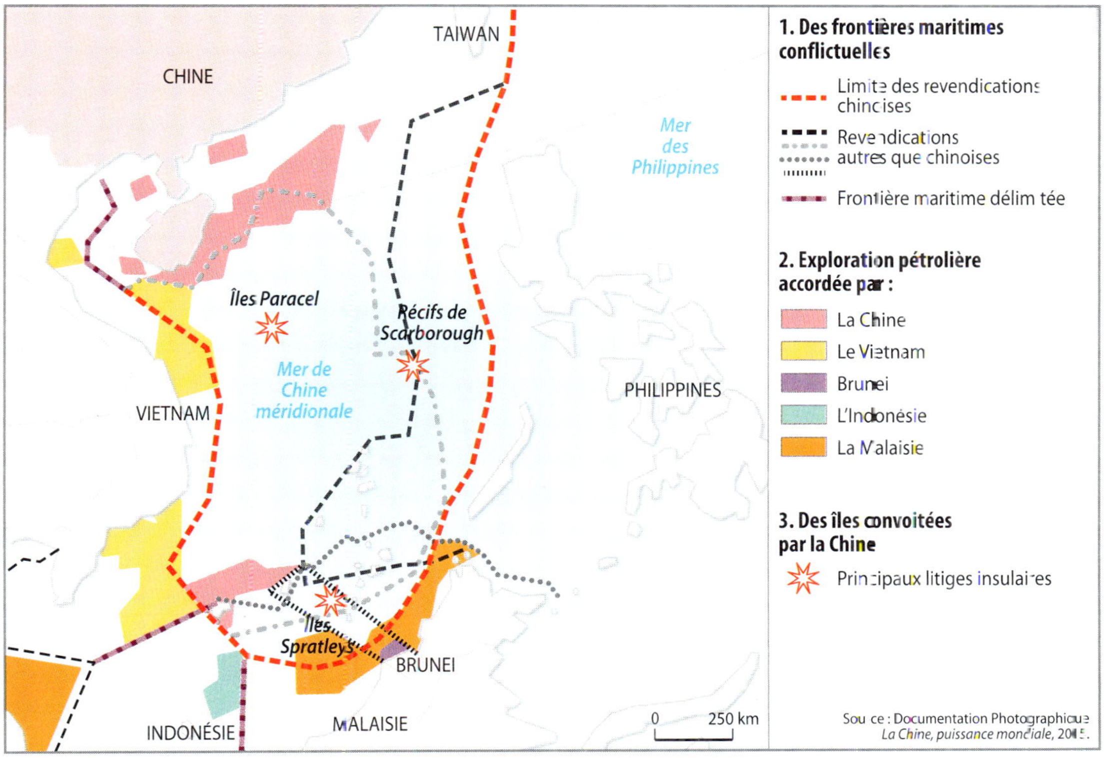

© Magnard

S'entraîner
Étude de documents 24

SUJET BAC

Le Brésil, une maîtrise territoriale inachevée

Consigne – Analysez les documents pour montrer l'organisation contrastée du territoire brésilien et les dynamiques qui l'animent. Quels contrastes et quelles dynamiques territoriales ne font-ils pas apparaître ?

Reportez-vous à la méthode 4 page 60

1 Analysez le sujet et la consigne

- **Analysez le sujet**
  - ✗ À quel thème du programme le sujet « Le Brésil, une maîtrise territoriale inachevée » se rapporte-t-il ?
  - ✗ Que faut-il comprendre par « maîtrise territoriale inachevée » ?
- **Analysez la consigne**
  - ✗ Quel plan la consigne propose-t-elle ? Quel regard critique est demandé ?

2 Étudiez les documents

- **Présentez les documents**
  - ✗ Présentez les documents et mettez-les en relation avec le sujet et la consigne.
- **Sélectionnez les informations**
  - ✗ Sélectionnez les informations répondant à la consigne :
    – organisation contrastée
    – dynamiques territoriales
    (exemples précis, citations, chiffres significatifs).

lienmini.fr/geocarto-tle-035
Analyser une carte.
lienmini.fr/geocarto-tle-039
Analyser un texte.
CARTOBAC INTERACTIF

- **Exercez un regard critique**
  - ✗ Identifiez les aspects du sujet non abordés.

3 Rédigez la réponse

- **Classez les informations et rédigez la réponse finale**
  - ✗ Reproduisez le tableau au brouillon et complétez les pistes de réponse afin de classer les informations et les connaissances que vous allez utiliser.

Introduction - *Le Brésil, grand État latino-américain émergent au territoire immense encore en construction.* - *Présentation des documents et du plan.* *1 L'organisation contrastée du territoire* - *Un centre ultradominant* - *Des périphéries plus ou moins peuplées et développées*	*2 Des dynamiques territoriales fortes* - *À l'intérieur du territoire* - *Aux frontières terrestres et maritimes du pays* *3 Des aspects du sujet manquants* - *Organisation contrastée* - *Dynamiques territoriales* *Conclusion : Comme le montrent les deux documents...*

lienmini.fr/geocarto-tle-036
Organiser la réponse.
lienmini.fr/geocarto-tle-040
La réponse au sujet.
CARTOBAC INTERACTIF

© Magnard

Pour analyser la carte

Quels exemples précis et significatifs choisir par rapport au sujet ?

Regard critique : Y a-t-il des contrastes dans les grandes villes ?

Source et date du document 1 ?

Que signifient les termes « centre » et « périphérie » ?

Quels éléments montrent l'organisation ? les dynamiques ?

Document 1 - Organisation et dynamiques au Brésil

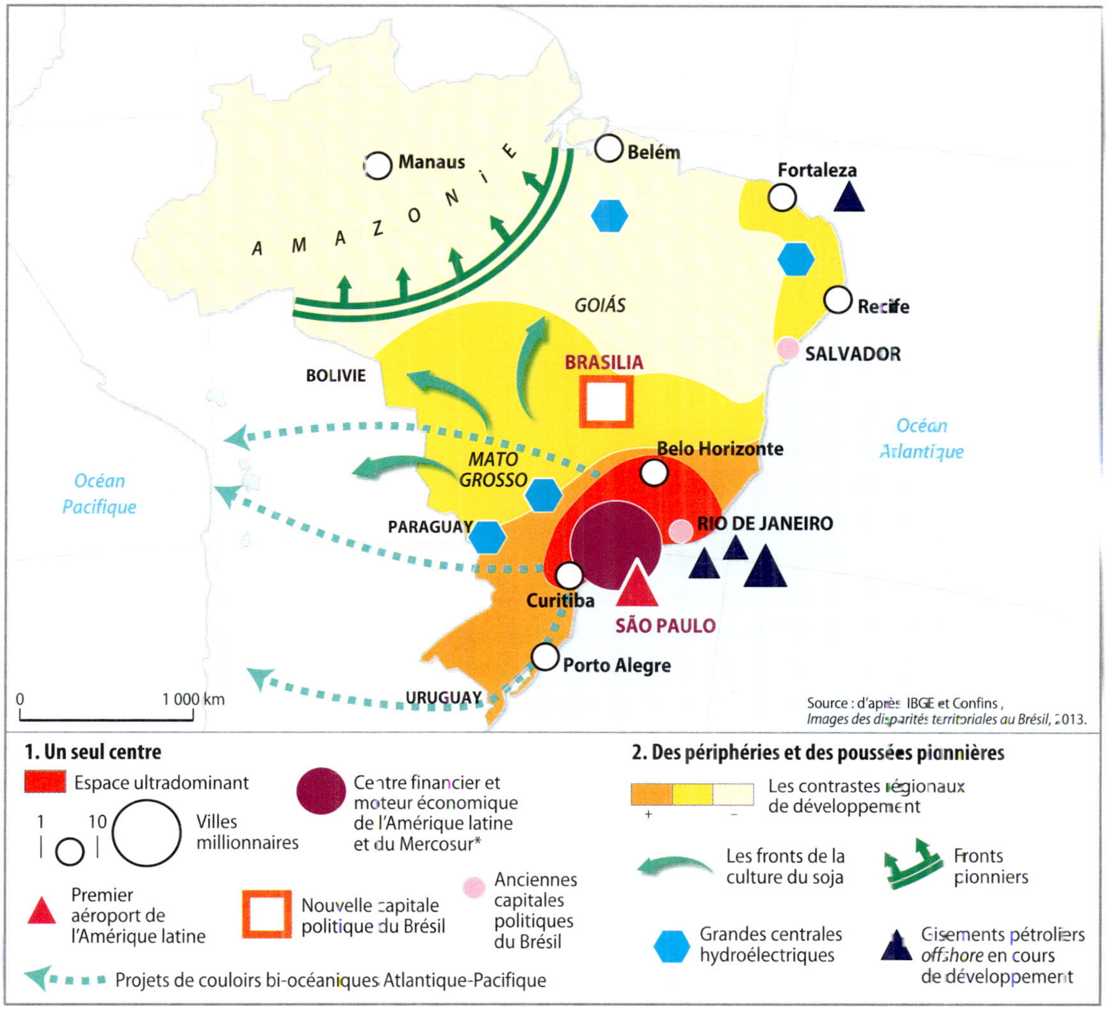

Pour analyser le texte

En quoi la population est-elle inégalement répartie ?

Surlignez les exemples et les chiffres significatifs.

Quel type de mobilité est décrit ?

Regard critique : existe-t-il d'autres dynamiques que l'exode rural ?

Regard critique : qu'apporte le texte par rapport à la carte ?

Document 2 - Une répartition encore très inégale et une tradition de forte mobilité

L'immense majorité de la population brésilienne vit aujourd'hui encore à proximité de la côte et presque partout la densité tombe en dessous de 5 habitants/km² au-delà de 200 km du bord de mer, et dans le Nord-Ouest amazonien, on tombe même à moins de 1 habitant/km². Même les zones de concentration sont irrégulières : jusque dans les États très peuplés apparaissent de grands vides, dès qu'on s'éloigne de la côte. [...] Sur le reste du territoire, la répartition est étroitement corrélée aux réseaux de transport, que ce soit les voies navigables, en Amazonie, ou les routes, de desserte régionale ou nationale. [...]

Mais cette image statique [...] fige une réalité mouvante : [...] le Brésil a gardé une tradition de mobilité spatiale d'autant plus forte qu'elle est associée au rêve de l'enrichissement et de la mobilité sociale, dont une des composantes principales est l'exode rural qui a fait du Brésil, en quelques décennies, un pays fortement urbanisé (45 % d'urbains en 1960, 84 % en 2010).

D'après H. THERY, *Le Brésil, pays émergé*, A. Colin, 2016.

© Magnard

S'entraîner
Étude de documents 25

SUJET BAC

Le continent africain face au défi du développement

Consigne – Analysez les documents pour montrer la diversité des territoires africains en termes de développement. Quelles limites le document 2 présente-t-il pour répondre au sujet ?

Reportez-vous à la méthode 4 page 60

1 Analysez le sujet et la consigne

- **Analysez le sujet**
  - ✘ À quel thème du programme le sujet « Le continent africain face au défi du développement » se rapporte-t-il ?
  - ✘ Définissez le terme « développement ». Que suppose l'emploi du mot « défi » ?
- **Analysez la consigne**
  - ✘ Quel plan la consigne propose-t-elle ? Quel regard critique est demandé ?

2 Étudiez les documents

- **Présentez les documents**
  - ✘ Présentez les documents (en particulier leur nature et leur échelle) et mettez-les en relation avec le sujet et la consigne.
- **Sélectionnez les informations**
  - ✘ Sélectionnez les informations répondant à la consigne : inégal développement aux échelles régionale et locale (exemples précis de pays, chiffres significatifs, message de la photographie).
- **Exercez un regard critique**
  - ✘ Montrez que le document reflète le contexte sud-africain, en particulier ses héritages spécifiques.

lienmini.fr/geocarto-tle-035
Analyser une carte.
lienmini.fr/geocarto-tle-041
Analyser une photographie.
CARTOBAC INTERACTIF

3 Rédigez la réponse

- **Classez les informations et rédigez la réponse finale**
  - ✘ Reproduisez le tableau au brouillon et complétez les pistes de réponse afin de classer les informations et les connaissances que vous allez utiliser.

<u>Introduction</u> - Un continent pauvre mais s'intégrant dans la mondialisation. - Présentation des documents et du plan. <u>1 Des contrastes de richesse et de développement à l'échelle régionale</u> Carte 1 : - des puissances régionales : PIB et IDH relativement élevés ; - des pays en développement : intermédiaires ; - de nombreux pays marqués par la pauvreté : PMA avec PIB et IDH très faibles.	<u>2 Des contrastes spatiaux très marqués à l'échelle locale</u> Photographie 2 : une fracture socio-spatiale très nette : contrastes habitats pavillonnaire / informel <u>3 Une vision limitée de l'inégal développement à partir de la photographie 2</u> : - échelle de la photographie ; - spécificités de l'Afrique du Sud ; - diversité du continent africain. <u>Conclusion</u> : Comme le montrent les deux documents...

lienmini.fr/geocarto-tle-036
Organiser la réponse.
lienmini.fr/geocarto-tle-042
La réponse au sujet.
CARTOBAC INTERACTIF

© Magnard

Pour analyser la carte

Document 1 - L'Afrique : richesse et développement

Quel élément rend compte :
- des contrastes de **richesse** ?
- des écarts de **développement** ?

Relevez pour chaque indicateur :
- les pays les mieux classés ;
- les pays les moins bien classés.

Y a-t-il toujours correspondance entre richesse et développement ?

Quelles oppositions régionales peut-on mettre en évidence ?

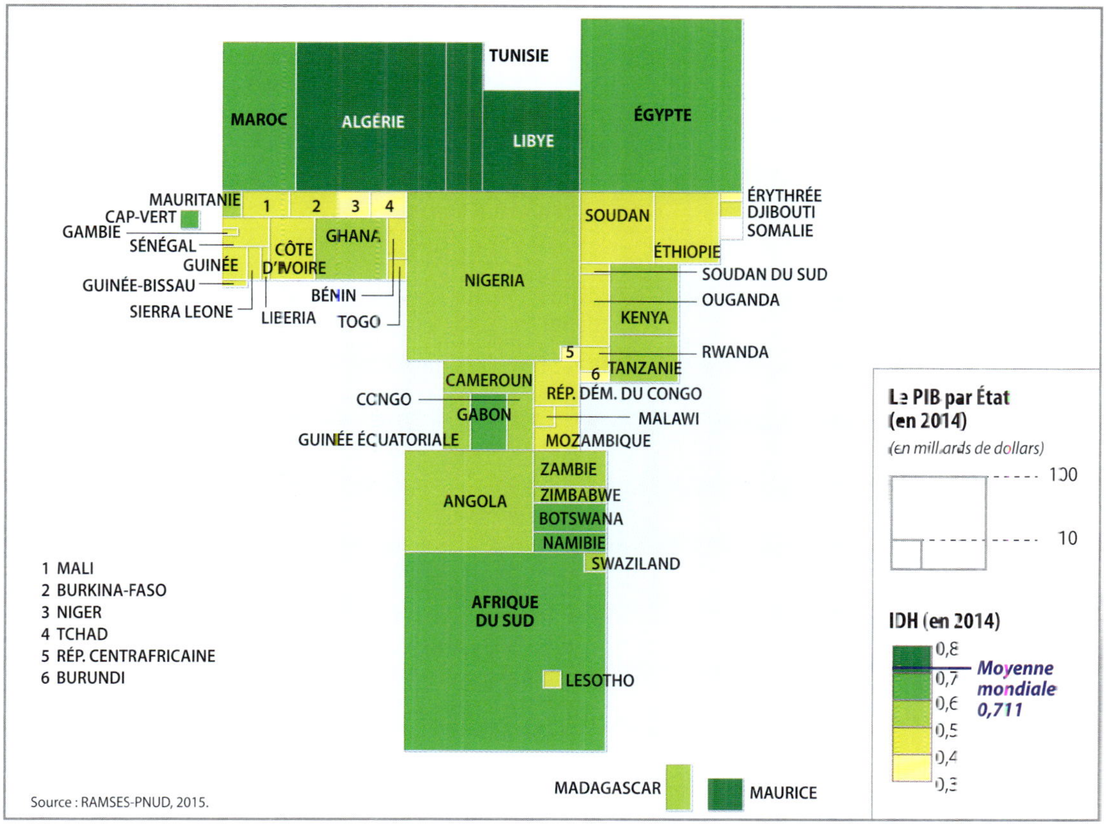

Pour analyser la photographie

Document 2 - Vue aérienne de la banlieue de Johannesburg en Afrique du Sud

(photographie de Johnny Miller, magazine *L'Obs*, 2016).

Quel élément de la photographie apparaît comme une véritable « frontière sociale » ?

Décrivez les habitats de part et d'autre de cette « frontière ».

Regard critique : qu'apporte la photographie à la carte à propos de l'Afrique du Sud ? Peut-on en tirer des conclusions pour toute l'Afrique ?

© Johnny Miller / Millefoto

© Magnard

S'entraîner 26
Étude de documents

SUJET BAC

Le Bassin caraïbe : un espace dominé par les États-Unis ?

Consigne – Analysez les documents pour montrer les formes de la domination des États-Unis dans cet espace et ses limites. Dans quelle mesure le dessin complète-t-il la carte ?

Reportez-vous à la méthode 4 page 60

1 Analysez le sujet et la consigne

- **Analysez le sujet**
  - ✗ À quel thème du programme le sujet « Le Bassin caraïbe : un espace dominé par les États-Unis ? » se rapporte-t-il ?
  - ✗ Que faut-il comprendre par « Bassin caraïbe » et « espace dominé » ?
- **Analysez la consigne**
  - ✗ Quel plan la consigne propose-t-elle ? Quel regard critique est demandé ?

2 Étudiez les documents

- **Présentez les documents**
  - ✗ Présentez les documents et mettez-les en relation avec le sujet et la consigne.
- **Sélectionnez les informations**
  - ✗ Sélectionnez les informations répondant à la consigne :
    - les formes de la domination des États-Unis ;
    - ses limites
    (exemples précis, citations, chiffres significatifs).
- **Exercez un regard critique**
  - ✗ Vérifiez que les principales oppositions à la domination américaine sur le Bassin caraïbe sont évoquées par les documents.

lienmini.fr/geocarto-tle-035
Analyser une carte.
lienmini.fr/geocarto-tle-043
Analyser un dessin.
CARTOBAC INTERACTIF

3 Rédigez la réponse

- **Classez les informations et rédigez la réponse finale**
  - ✗ Reproduisez le tableau au brouillon et complétez les pistes de réponse afin de classer les informations et les connaissances que vous allez utiliser.

Introduction *- Le Bassin caraïbe, interface entre Nord et Sud de l'Amérique, semble sous domination des États-Unis.* *- Présentation des documents et du plan.* *1 Les formes de la domination des États-Unis* ***- Une domination politique et économique*** *Carte : bases militaires* *Dessin : économie touristique états-unienne* ***- Des flux de type Nord-Sud*** *Carte : flux migratoires* *Dessin : croisiéristes vers Cuba*	*2 Des limites à la domination des États-Unis* ***- Un contrôle incomplet*** *Carte : flux illégaux* *Dessin : résistance cubaine à l'américanisation* ***- D'autres influences extérieures*** *Carte : territoires européens d'outre-mer et Mercosur* *3 États-Unis – Cuba : vers un rapprochement* *Carte : embargo ancien* *Dessin : reprise de relations diplomatiques* *Conclusion : Comme le montrent les deux documents...*

lienmini.fr/carto-036
Organiser la réponse.
lienmini.fr/carto-044
La réponse au sujet.
CARTOBAC INTERACTIF

© Magnard

Pour analyser la carte

Document 1 - Le Bassin caraïbe : l'« arrière-cour » des États-Unis

Quels **exemples précis** et significatifs choisir par rapport au sujet ?

Quelle est la **particularité des relations** entre les États-Unis et Cuba ?

Quels éléments montrent :
- la domination des États-Unis ?
- ses limites ?

Regard critique : Cuba est-il le seul pays à s'opposer aux États-Unis ?

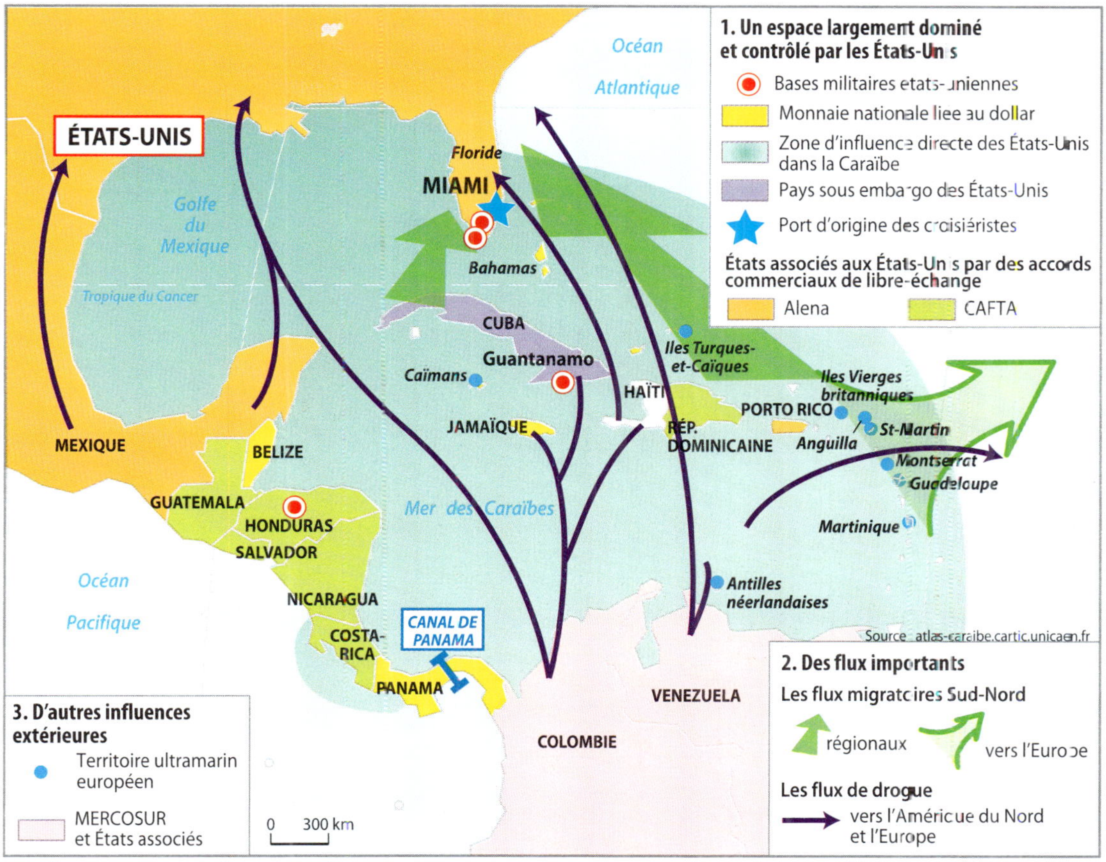

Source : atlas-caraibe.cartic.unicaen.fr

Pour analyser le dessin

Document 2 - États-Unis – Cuba : de nouvelles relations ?

(Dessin suscité par la visite officielle du président Obama et la signature des premiers contrats hôteliers américains à Cuba en mars 2016).

Quels éléments symboliques montrent :
- la spécificité de Cuba ?
- l'influence états-unienne imaginée par l'auteur ?

Quelle évolution des relations entre les deux pays est envisagée par l'auteur ? Pourquoi ?

Traduction : « Ce n'était qu'une question de temps avant que d'autres croisières n'arrivent à Cuba... ».

Regard critique : quel est l'intérêt du dessin par rapport au document 1 et au sujet ?

© Jeff Koterba / politicalcartoons.com

© Magnard

S'entraîner 27
Étude de documents

SUJET BAC

Les défis de population en Asie du Sud et de l'Est

Consigne – Analysez les documents pour montrer quels sont les défis de population, ainsi que les contrastes existants entre le Sud et l'Est de l'Asie. Montrez la complémentarité et les limites de ces deux documents pour la compréhension du sujet.

Reportez-vous à la méthode 4 page 60

1 Analysez le sujet et la consigne

Analysez le sujet

- À quel thème du programme le sujet « Les défis de population en Asie du Sud et de l'Est ? » se rapporte-t-il ?
- Que faut-il comprendre par « défis de population » ?

Analysez la consigne

- Quel plan la consigne propose-t-elle ? Quel regard critique est demandé ?

2 Étudiez les documents

Présentez les documents

- Présentez les documents et mettez-les en relation avec le sujet et la consigne.

Sélectionnez les informations

- Sélectionnez les informations répondant à la consigne :
  - défis de population ;
  - contrastes entre l'Asie du Sud et de l'Est
  (exemples, chiffres significatifs, lieux ou espaces géographiques).

Exercez un regard critique

- Dégagez la complémentarité des deux documents (échelle et informations) et leurs limites (nature des informations).

lienmini.fr/geocarto-tle-035
Analyser une carte.
lienmini.fr/geocarto-tle-045
Analyser des statistiques.
CARTOBAC INTERACTIF

3 Rédigez la réponse

Classez les informations et rédigez la réponse finale

- Reproduisez le tableau au brouillon et complétez les pistes de réponse afin de classer les informations et les connaissances que vous allez utiliser.

<u>Introduction</u> - L'Asie du Sud et de l'Est, principal foyer de peuplement de la planète, face à d'importants défis démographiques. - Présentation des documents et du plan. <u>1 D'importants défis démographiques</u> - Deux géants démographiques : Inde et Chine - Une croissance démographique toujours très soutenue dans de nombreux États - Urbanisation rapide, émergence de très grandes villes qui pose problème	<u>2 Des contrastes entre Asie de l'Est et du Sud</u> - Asie du Sud Carte : forte croissance des villes dans les pays peu urbanisés Tableau : croissance démographique élevée (exemples), population jeune, forte natalité - Asie de l'Est Carte : ralentissement ou stagnation de la croissance urbaine Tableau : déclin démographique dans les pays urbanisés et industrialisés, vieillissement de la population <u>Conclusion</u> : Comme le montrent les deux documents...

lienmini.fr/carto-036
Organiser la réponse.
lienmini.fr/carto-046
La réponse au sujet.
CARTOBAC INTERACTIF

© Magnard

Pour analyser la carte

Document 1 - Grandes agglomérations et urbanisation en Asie du Sud et de l'Est

Source et date des informations utilisées pour réaliser la carte ?

Comment sont représentés :
- les grandes agglomérations ?
- leur dynamique d'ici 2030 ?
- le taux d'urbanisation ?

Sélectionnez des informations :
- taille des agglomérations asiatiques ? perspectives ? exemples ?
- quels défis pour les pays d'Asie du Sud et de l'Est ?

La croissance des villes est-elle plus forte dans les pays majoritairement ruraux ? Quels contrastes entre le Sud et l'Est de l'Asie ?

Regard critique : le document évoque-t-il les conséquences de l'urbanisation rapide ?

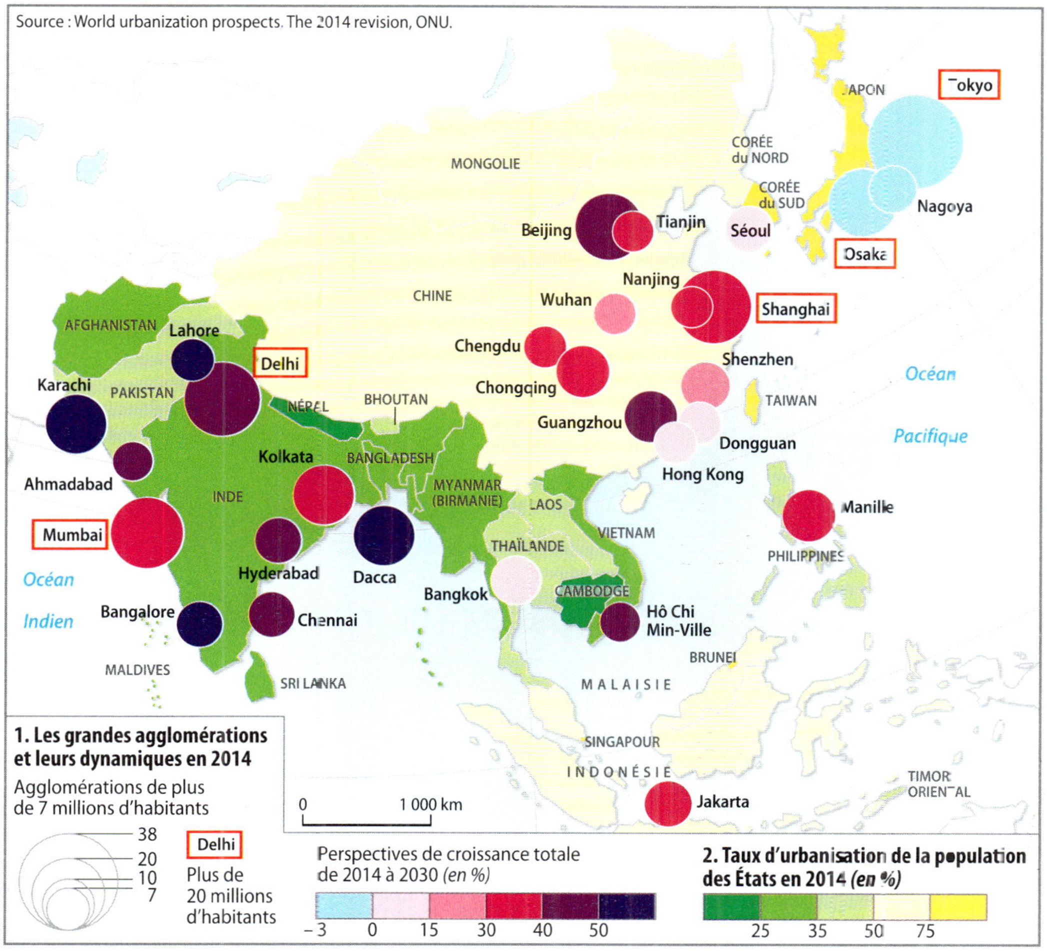

Pour analyser le tableau statistique

Document 2 - Indicateurs démographiques pour dix pays d'Asie du Sud et de l'Est

Quelles **dynamiques démographiques** sont présentées ? source, date des informations ?

Quels pays se distinguent par leur poids démographique ? l'évolution de leur population ?

Repérez les dix États sur la carte : **quels contrastes entre le Sud et l'Est de l'Asie** ?

Regard critique : qu'apporte le tableau à la carte ? quelles sont les limites d'un tableau statistique pour traiter les problèmes de population ?

Pays	Population 2015 (en millions)	Projection de population 2050 (en %)	Taux de natalité (pour 1 000 habitants)	Indice de fécondité (nombre d'enfants par femme)
Bangladesh	160	+26	20	2,3
Chine	1372	- 0,4	12	1,7
Corée du Sud	51	- 5	14	2,0
Inde	1341	+24	21	2,3
Japon	127	- 24	8	2,0
Pakistan	199	+73	30	3,8
Philippines	103	+52	23	2,9
Thaïlande	65	+1	12	1,6
Taïwan	23	- 15	9	1,2
Vietnam	92	+18	17	2,4

Source : *World Population Prospects*. Nations Unies, 2015.

© Magnard

S'entraîner 28
Étude de documents

SUJET BAC

Le Sahara : ressources, conflits

Consigne – Analysez les documents pour montrer que le Sahara est un vaste désert, riche en ressources et soumis à des tensions et à des conflits. Confrontez les deux documents : quelles représentations du Sahara offrent-ils ?

Reportez-vous à la méthode 4 page 60

1 Analysez le sujet et la consigne

Analysez le sujet

✗ À quel thème du programme le sujet « Le Sahara : ressources, conflits » se rapporte-t-il ?

✗ Que faut-il comprendre par « ressources » et « conflits » ?

Analysez la consigne

✗ Quel plan la consigne propose-t-elle ? Quel regard critique est demandé ?

2 Étudiez les documents

Présentez les documents

✗ Présentez les documents (en particulier leur nature et leur source) et mettez-les en relation avec le sujet et la consigne.

Sélectionnez les informations

✗ Sélectionnez les informations répondant à la consigne :
- désert immense et riche ;
- conflits et tensions
(exemples précis et significatifs, éléments descriptifs intéressants)

Exercez un regard critique

✗ Correspondances, oppositions entre les deux documents.

lienmini.fr/geocarto-tle-035
Analyser une carte.
lienmini.fr/geocarto-tle-047
Analyser une publicité.
CARTOBAC INTERACTIF

3 Rédigez la réponse

Classez les informations et rédigez la réponse finale

✗ Reproduisez le tableau au brouillon et complétez les pistes de réponse afin de classer les informations et les connaissances que vous allez utiliser.

<u>Introduction</u> - Le Sahara, immense désert d'Afrique du Nord, est un espace convoité et conflictuel. - Présentation des documents et du plan. <u>1 D'importants défis démographiques</u> **- Un désert vaste** Carte : désert aride Image : dunes de sable à perte de vue **- Des ressources abondantes et diverses** Carte : hydrocarbures Image : potentiel touristique	<u>2 Des tensions et des conflits</u> **- Un espace de circulation et d'insécurité** Carte : migrations clandestines Sud/Nord **- Des États fragiles et un espace conflictuel** Carte : trois États instables <u>3 Confrontation des documents</u> **- Un désert chaud et aride** **- Espace de tensions / espace de loisirs** <u>Conclusion</u> : Comme le montrent les deux documents...

lienmini.fr/carto-036
Organiser la réponse.
lienmini.fr/carto-048
La réponse au sujet.
CARTOBAC INTERACTIF

© Magnard

Pour analyser la carte

Quels **exemples précis** et significatifs choisir par rapport au sujet ?

Quels rôles les frontières jouent-elles dans le Sahara ?

Quels éléments montrent :
- le désert ?
- les ressources ?
- les tensions et conflits ?

Qu'apporte l'indication des **flux migratoires** ? Comment les expliquer ?

Regard critique : quelle est la source du document ? son objectif ?

Document 1 - Le Sahara : un espace de ressources et de conflits

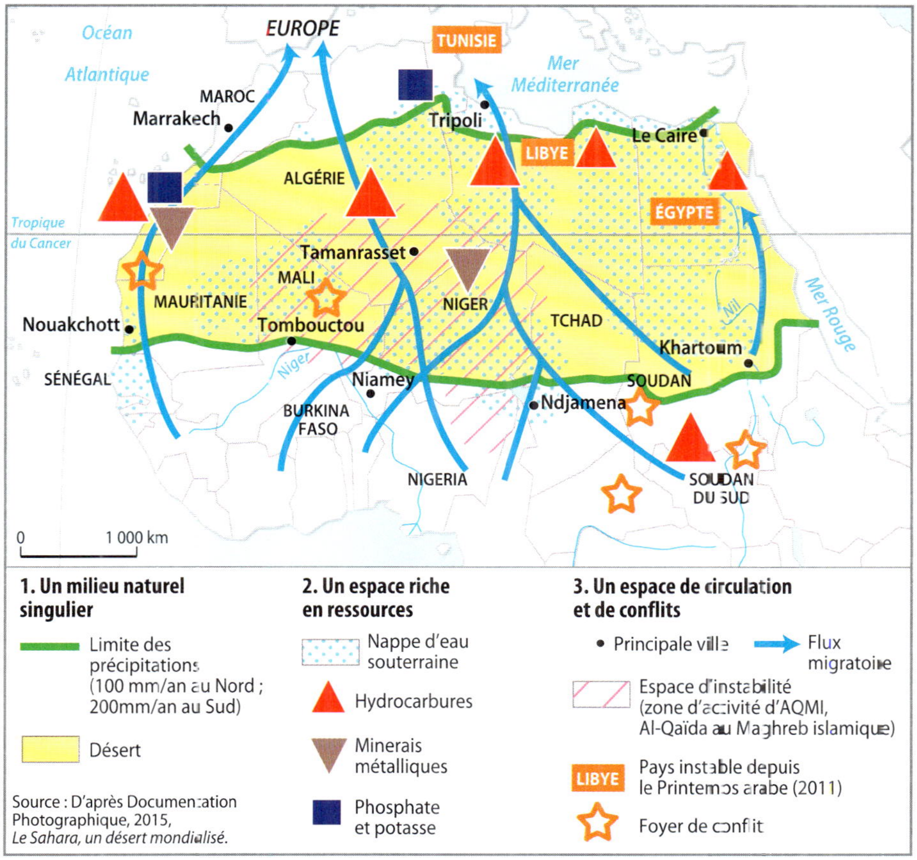

Source : D'après Documentation Photographique, 2015, *Le Sahara, un désert mondialisé.*

Pour analyser la publicité

Document 2 - Randonnée dans le désert saharien du Maroc

Traduction du texte de l'image :
5 jours de *trekking* dans le désert
Tout inclus
3 jours de trekking en plein désert saharien
2 jours en 4X4 départ et retour Marrakech

Dans quelle partie du Sahara cette « expérience du désert » est-elle proposée ?

Regard critique : quel est l'émetteur du document ? L'objectif du document est-il comparable à celui du document 1 ?

© www.marrakechdesertexperience.com

À qui s'adresse cette publicité ?

Quelle représentation du désert cette image donne-t-elle ?

Regard critique : qu'apporte la confrontation des deux documents par rapport au sujet ?

© Magnard

Corrigé du croquis 1

Reportez-vous à l'entraînement 1 pages 8-11

lienmini.fr/geocarto-tle-003
Comprendre la construction du croquis.
CARTOBAC INTERACTIF

Pôles et flux de la mondialisation

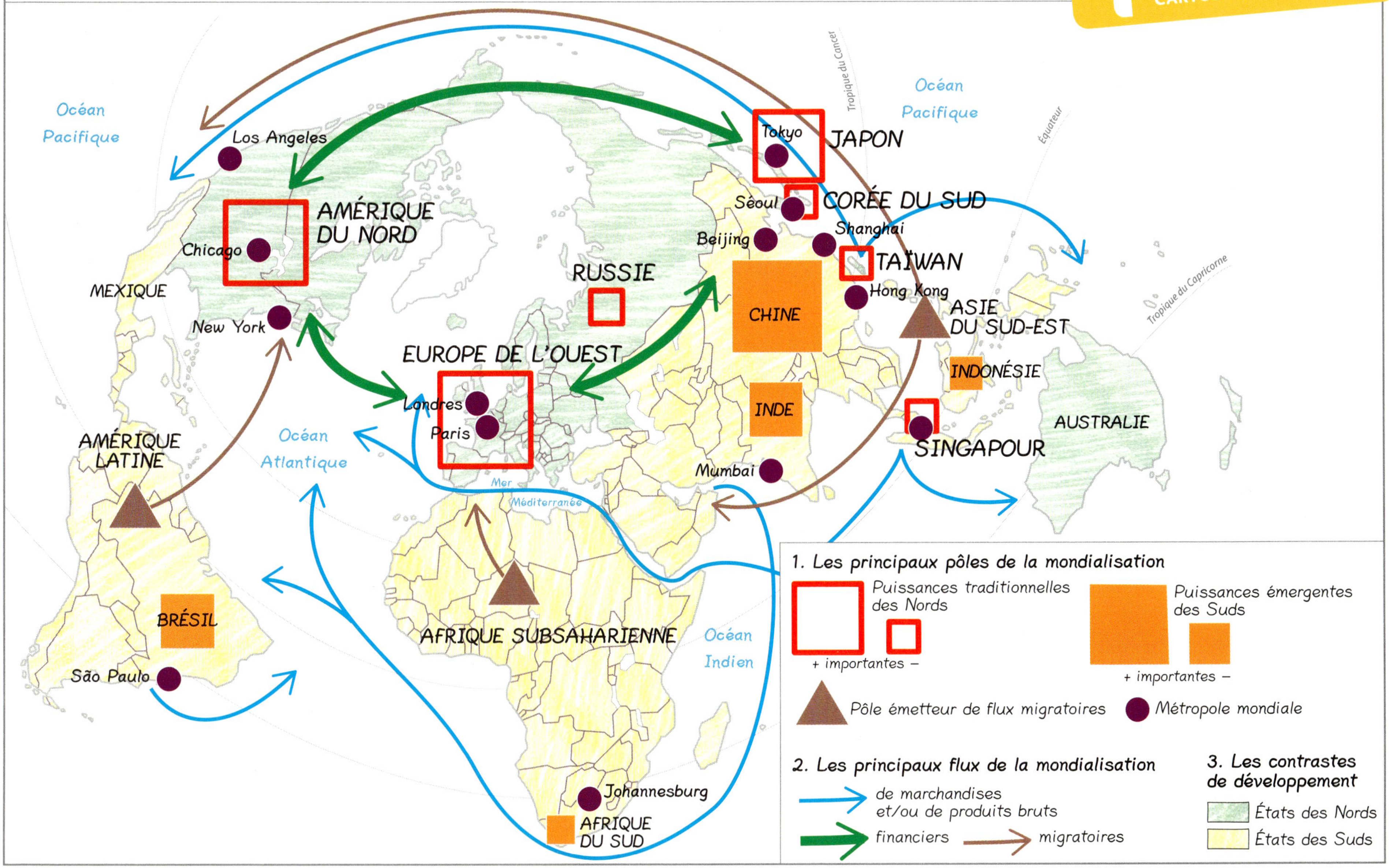

© Magnard

Corrigé du croquis 2

Reportez-vous à l'entraînement 2 pages 12-15

© Magnard

lienmini.fr/geocarto-tle-004
Comprendre la construction du croquis.
CARTOBAC INTERACTIF

Une inégale intégration des territoires dans la mondialisation

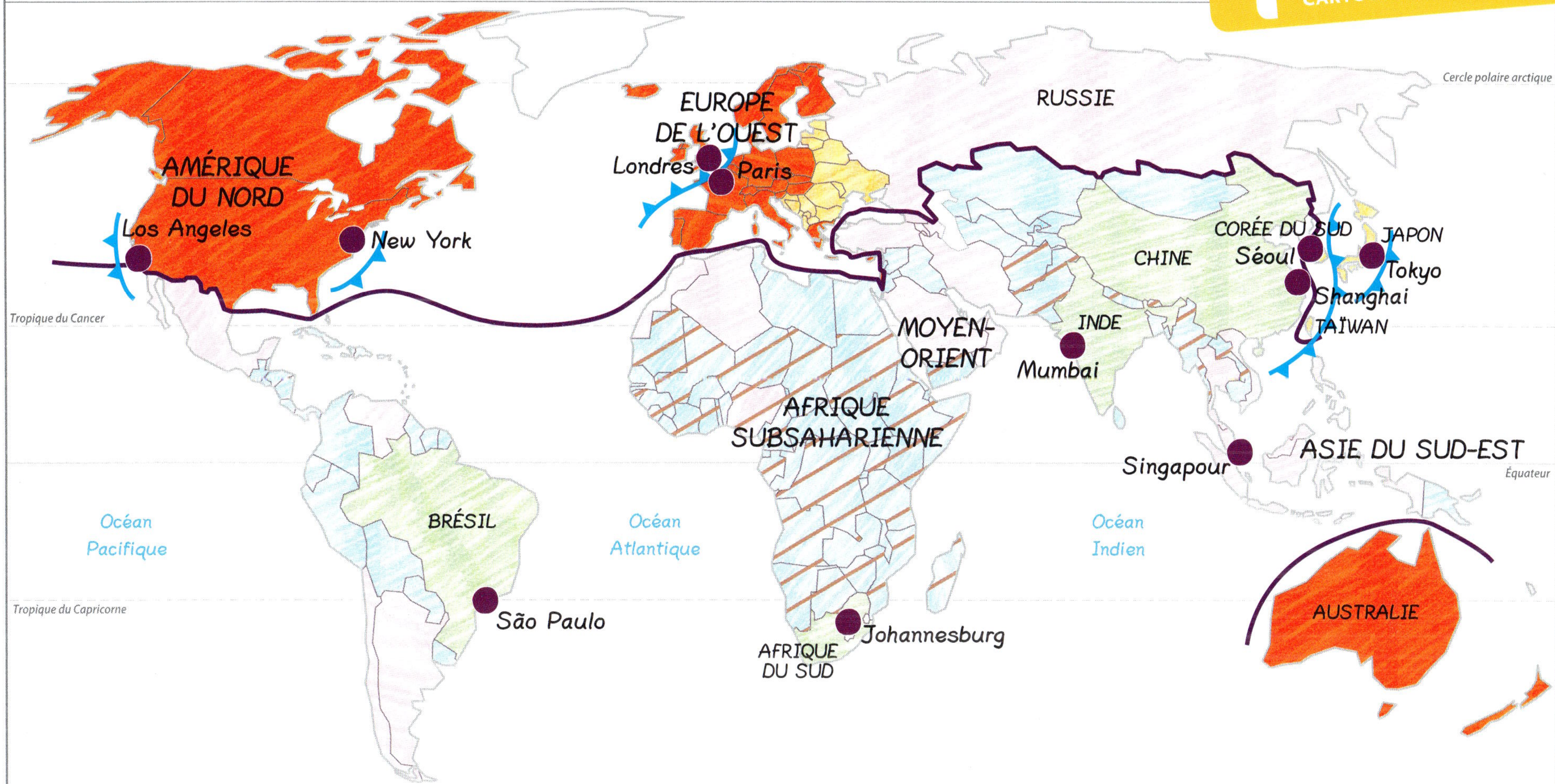

Territoires intégrés à la mondialisation

- + importants – Pays industriels des Nords
- Les nouveaux acteurs de la mondialisation
- Pays ateliers et/ou exportateurs de produits agricoles ou énergétiques
- Métropole mondiale, centre d'impulsion de la mondialisation
- Façade maritime, territoire des échanges de marchandises

Territoires en marge de la mondialisation

- Pays en développement (PED) plus ou moins en marge de la mondialisation
- Pays les moins avancés (PMA) en marge de la mondialisation
- Limite Nords/Suds

Reportez-vous à l'entraînement 3 pages 16-19

lienmini.fr/geocarto-tle-0...
Comprendre la construction du croquis.
CARTOBAC INTERACTIF

Les espaces maritimes : approche géostratégique

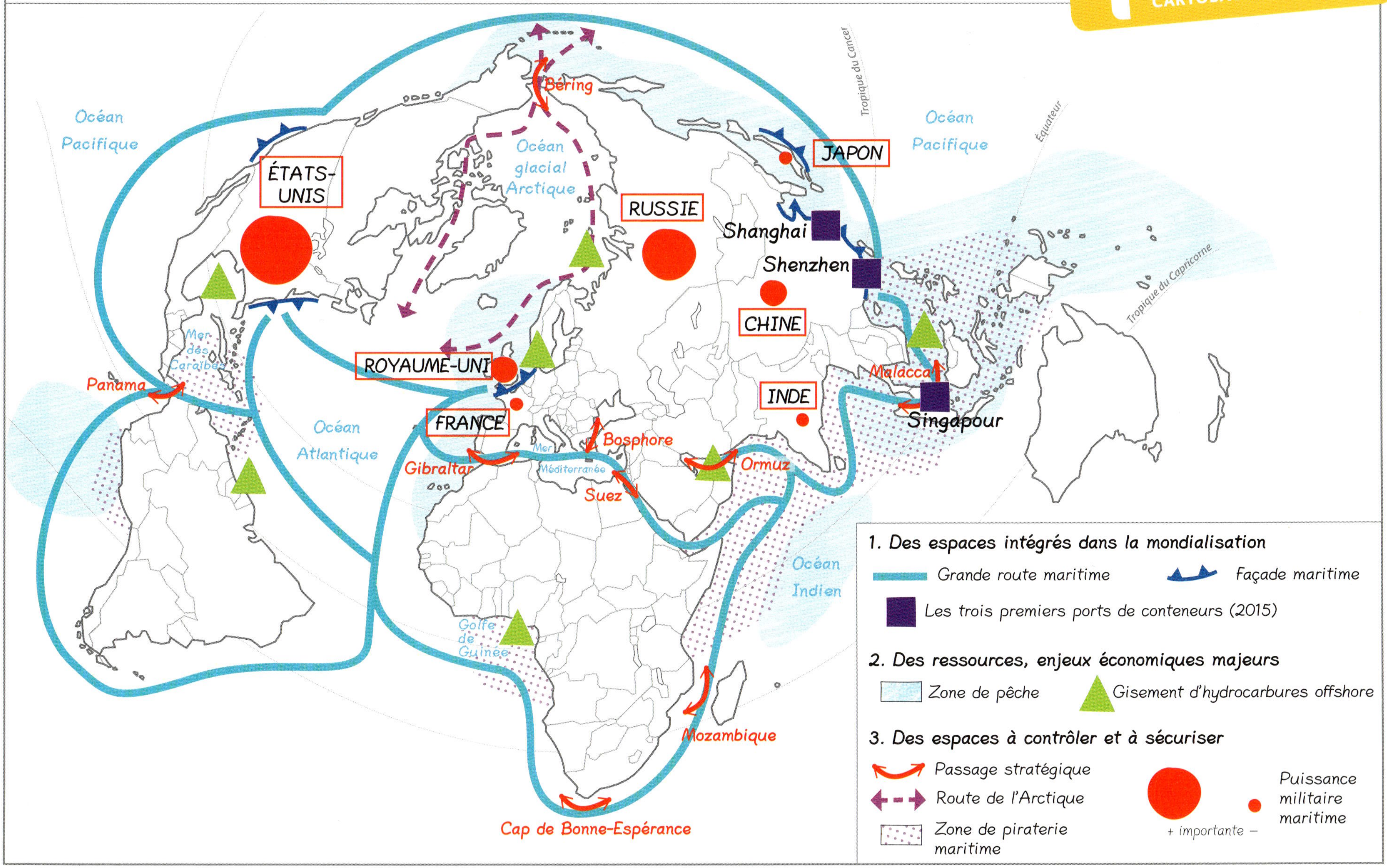

© Magnard

Corrigé du croquis 4

Reportez-vous à l'entraînement 4 pages 20-23

© Magnard

lienmini.fr/geocarto-tle-006
Comprendre la construction du croquis.
CARTOBAC INTERACTIF

Les dynamiques territoriales des États-Unis

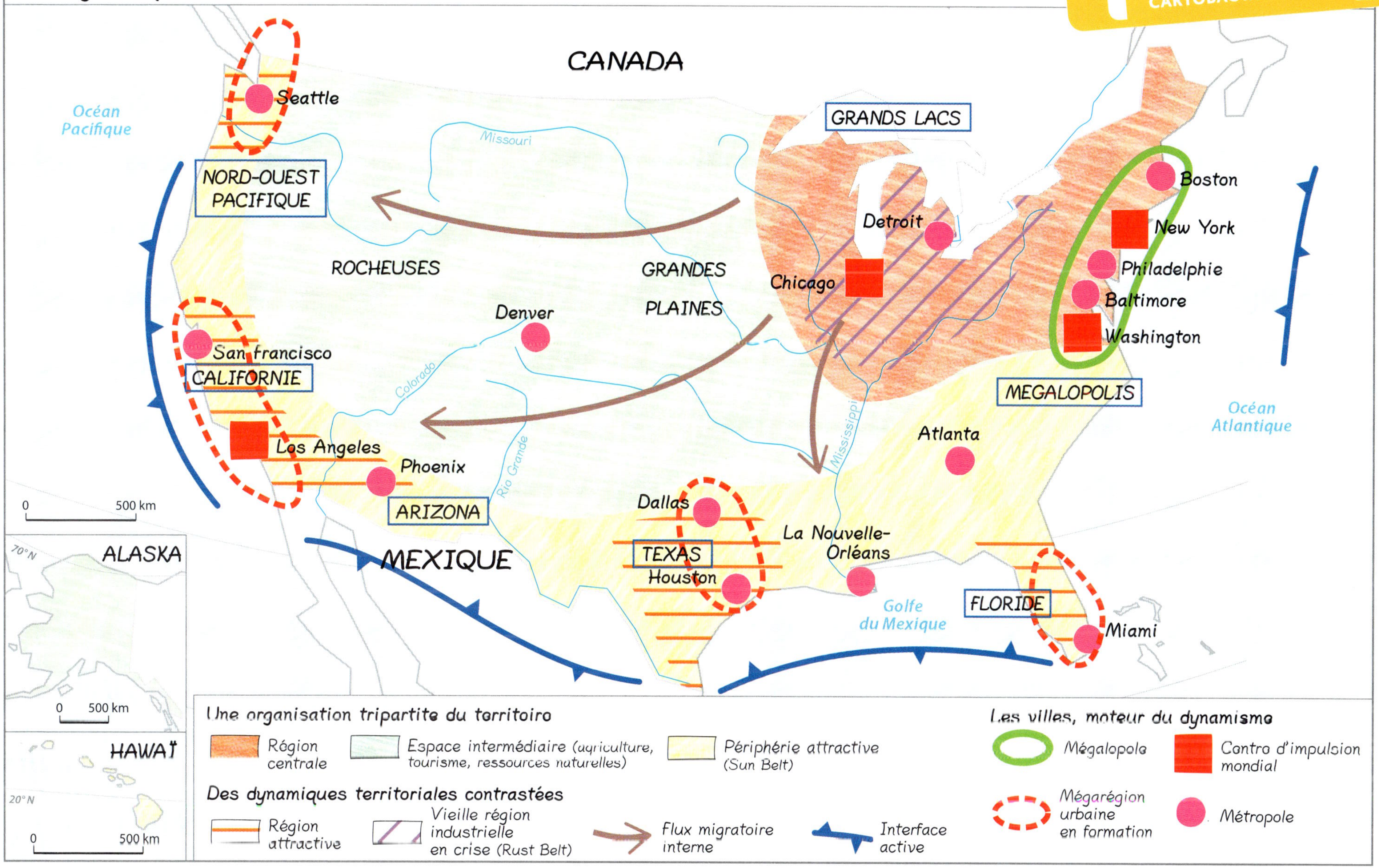

Reportez-vous à l'entraînement 5 pages 24-27

lienmini.fr/geocarto-tle-007
Comprendre la construction du croquis.
CARTOBAC INTERACTIF

Les dynamiques territoriales du Brésil

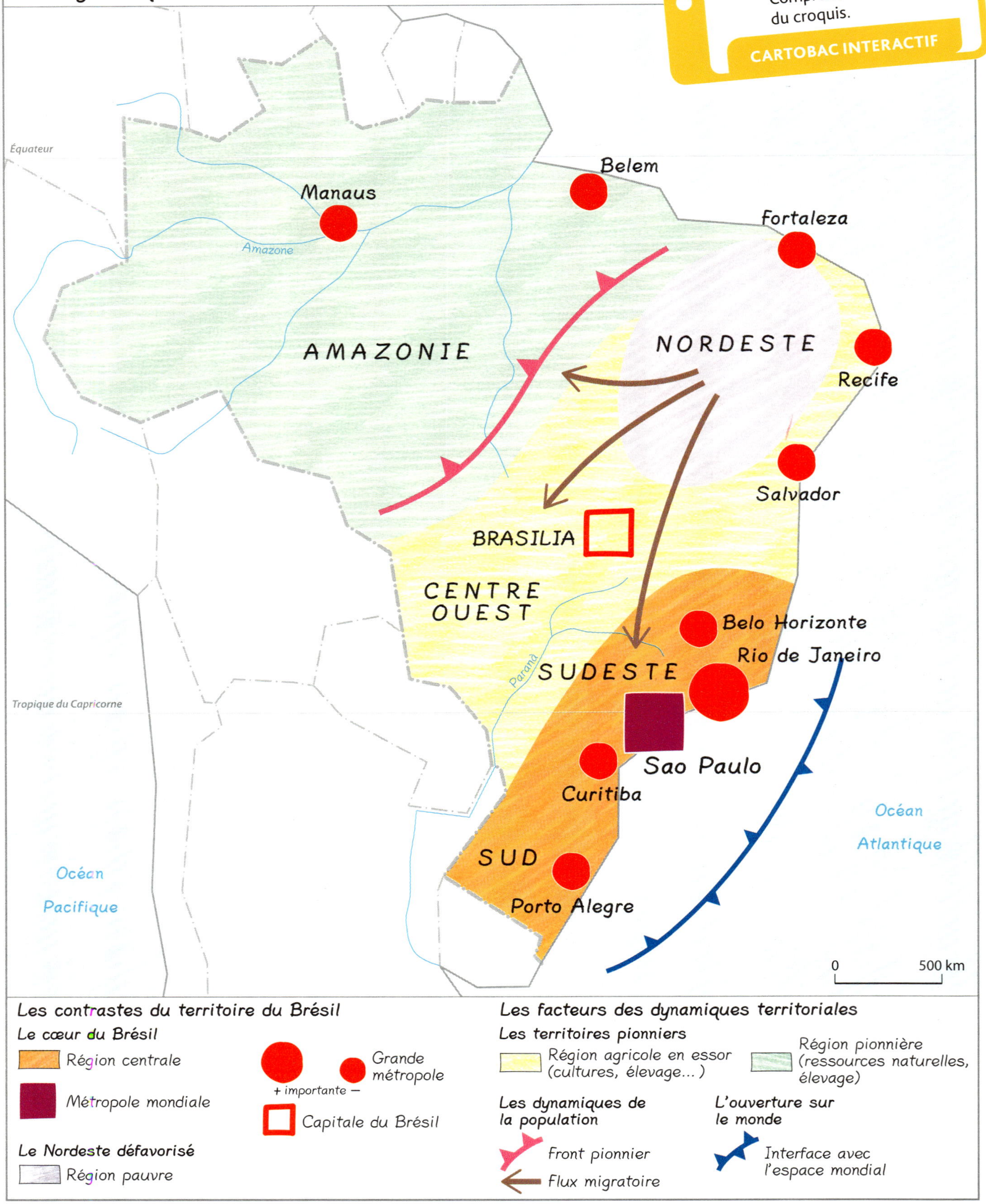

© Magnard

Corrigé du croquis 6

Reportez-vous à l'entraînement 6 pages 28-31

lienmini.fr/geocarto-tle-008
Comprendre la construction du croquis.
CARTOBAC INTERACTIF

Le continent africain : contrastes de développement et inégale intégration dans la mondialisation

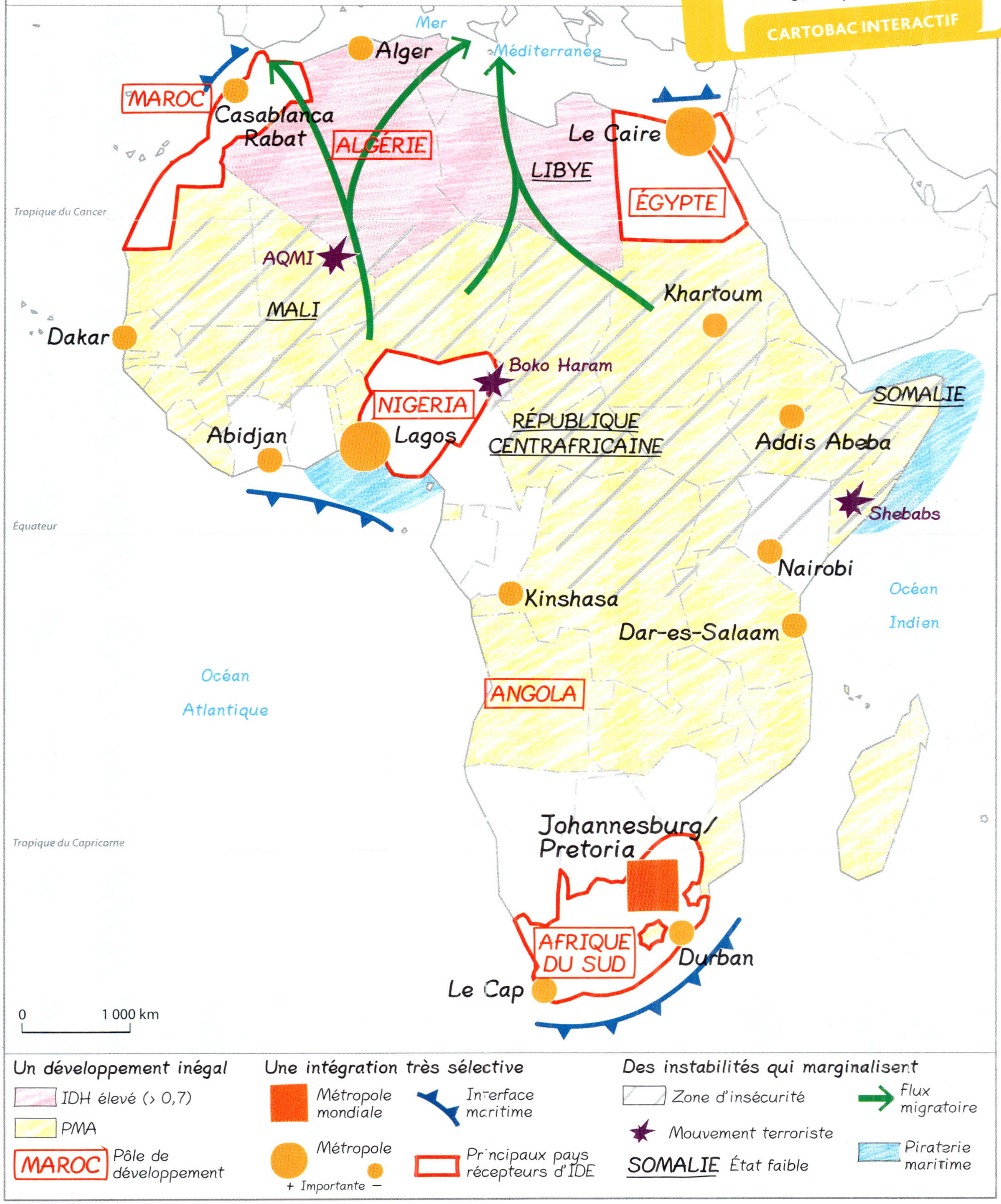

© Magnard

Corrigé du croquis 7

Reportez-vous à l'entraînement 7 pages 32-35

lienmini.fr/geocarto-tle-009
Comprendre la construction du croquis.
CARTOBAC INTERACTIF

Mumbai : inégalités et dynamiques territoriales

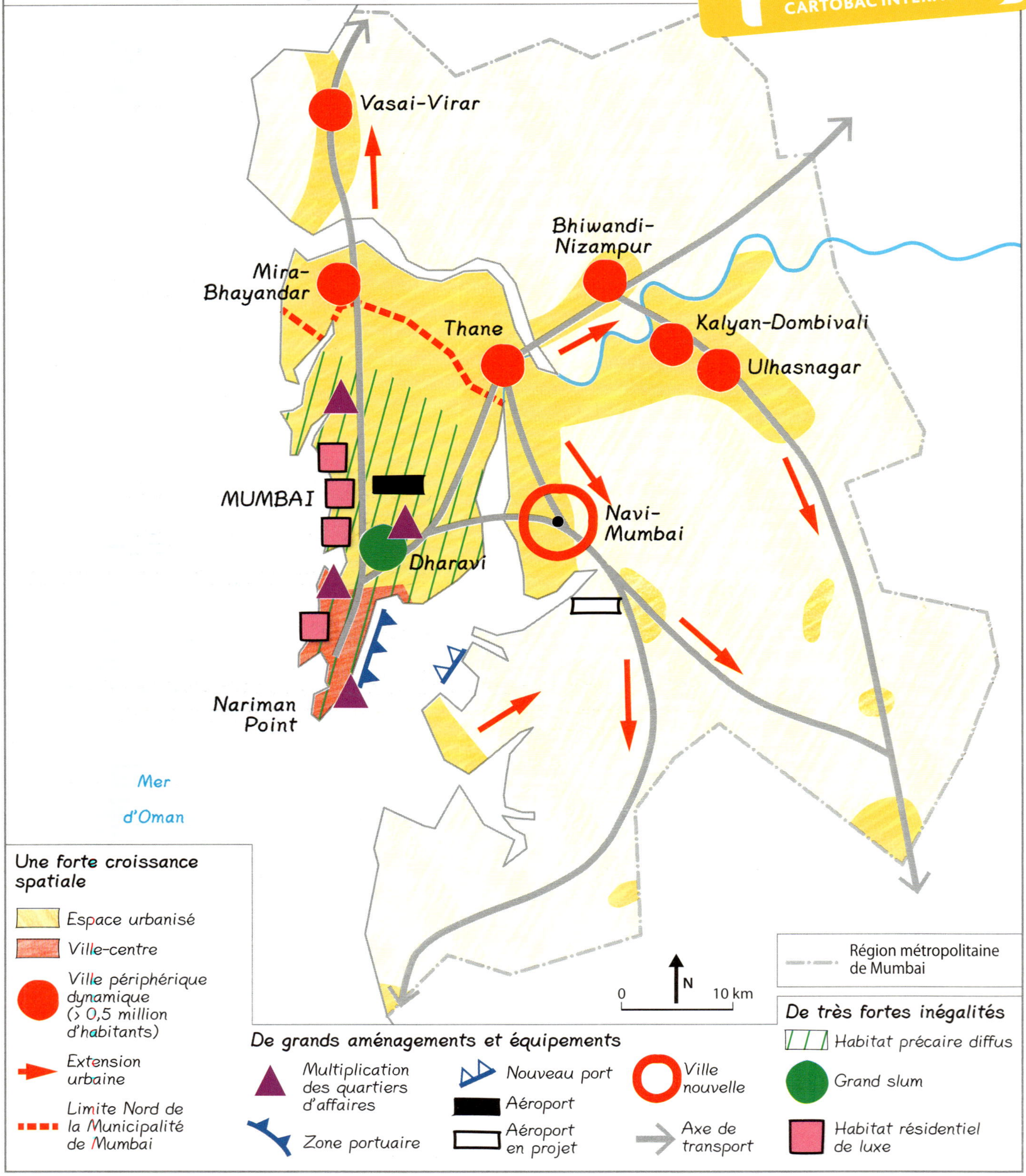

Responsable éditoriale : Aurélie Joubert-Mérandat
Édition : Roxane Terrier, assistée de Sean DeMoranville • **Maquette :** Laurence Moinot
Mise en page : Barbara Tamadonpour • **Couverture :** Frédérique Deviller
Croquis de couverture : Cyrille Suss • **Iconographie :** Virginie Dauvet
Cartographie Magnard : Marie-Christine Liennard (coordination), Valérie Goncalves et Christel Parolini (réalisation) • **Numérique :** Dominique Garrigues

Achevé d'imprimer en avril 2017
par «La Tipografica Varese Srl» Varese
N° éditeur : 2017-0015
Dépôt légal : avril 2017

IMPRIM'VERT Votre imprimeur agit pour l'environnement

Certifié PEFC
Ce produit est issu de forêts gérées durablement et de sources contrôlées
PEFC/18-31-264
www.pefc-france.org

© Magnard